몬스터

몰스터

백이원 · 박생강 · 김경희 · 정명섭 · 문성진

차례

이중생활

二重生活

백이원

"수고하셨습니다."

청소를 막 끝낸 막내가 퇴근 인사를 건넨다. 원장은 헤어 용품이 담긴 플라스틱 왜건을 밀며 들어가라는 손짓으로 인사를 갈음했다.

오후 9시. 오늘의 영업이 끝났다. 커트 손님 다섯, 펌 손님은 둘, 염색 손님이 하나. 원장은 손가락을 하나씩 접으며 오늘 든 손님을 세어 보았다.

'어떻게 하루에 열 손가락을 못 넘기냐.'

원장의 입에서 짧은 한숨이 새어 나왔다. 그녀가 이 자리를 헤어숍 자리로 점찍었던 것에는 근처에 있는 자동차 부품 공장 단지가 한몫을 했다. 도시 외곽에 있는 데다가 공단 근처라 자릿세가 저렴했던 것이다. 근처 공장의 직원들을 주요 고객으로 삼을 수 있다는 점도 괜찮아 보였다. 헤어스타일에 있어 특별한 취향이나 까다로운 요구가 없을 중장년 남성들이 대부분일 게 분명했다. 원장은 유행에는 관심 없을 주 고객층을 예상하며 다섯 개의 미용 의자와 한 개의 샴푸 의자를 중고 매장에서 구매했다. 색감이나 디자인은 최신 유행에서 뒤떨어졌지만 기능에는 문제가 없는 것들이었다. 스탠딩 테이블이자 파티션으로 사용할 카운터는 폐업한 카페에서 뜯어낸 것을 그대로 가져왔다. 튼튼하고 쓸모 있었지만 문제가 있다면 기존 카페의 상호가 테이블 상단에 박혀 있다는 것이었다. 시공업자는 그것을 제거하는 데 웃돈을 요구했다. 원장은 그것을 그대로 두겠다고 했다. 원장이 헤어숍 개업에 있어 유일하게 돈을 아끼지 않은 것은 개업 떡이었다. 요즘 누가 떡을 돌리느냐는 직원의 핀잔에도 아랑곳하지 않고 시루떡을 넉넉하게 맞췄고, 고사도 지냈다. 주변 상가에 돌리고자 한 덩이씩 소분한 시루떡 포장지엔 헤어숍 이름을 프린트한 스티커를 붙였다.

타임카페헤어숍.

시공업자에게 웃돈을 줄 일이 아니라 폐업한 카페의 상호를 헤어숍 이름으로 쓰면 될 일이었다.

저렴한 임대료를 내며 중장년층 남성 고객을 모집하려 했던 원장의 계획은 습기 먹은 나무 경첩처럼 조금씩 틀어져 갔다. 도심을 동서로 가로지르는 지하철이 점차 외곽으로 연장되더니, 헤어숍 코앞으로 새로운 역이 뚫렸다. 졸지에 역세권 상가가 된 상황에서 신이 난 건 건물 주인뿐이었다. 건물 주인은 살던 집을 허문 자리에 4층짜리 상가 건물을 세운 80대의 노인이었다. 지하철역이 생기자마자 노인은 관리비 명목으로 받아 가던 돈을 크게 올려 받기 시작했다. 원장의 타임카페헤어숍은 건물 3층 코너 자리에 입점해 있어 역세권 개발의 혜택을 누리기엔 애매했지만 그렇다고 당장 헤어숍을 옮길 자리도 마땅치 않았다.

원장이 이러지도 저러지도 못하는 사이, 공단 근처에서 숙식하는 외국인 근로자들이 손님으로 드나들었다. 원장이 원했던 고객층은 아니었다. 20대 초중반인 그들은 온갖 아이돌의 사진을 샘플로 들고 왔다. 댄디컷, 레이어드 컷, 리프 펌, 웨이브 펌 등등으로 구현 가능한 것들이었는데, 원장의 안일한 기술력으로는 응대할 수 없었다. 원장은 이 손님들을 헤어숍의 유일한 헤어 디자이너인 김에게 맡겼다. 김은 일정 정도의 인센티브를 받기로 하고 원장이 넘긴 손님들을 맡았다. 막내는 김이 데려온 어시스턴트다. 원장의 숍에 오기 전부터 김을 보조해 온 막내는 쓰다 만 헤어롤을 정리하는 등의 잡다한 업무를 하며 김에게 기술을 전수받고 있다. 헤어 디자이너로 데뷔하기 위해 김과 약속한 수련 기간이 있었는데, 거의 다 채워 가는 중이다. 김의 말로는 마지막 테스트만이 남았다고 했다. 그 테스트를 통과하면 막내도 정식으로 헤어 디자이너가 된다. 더는 헤어롤을 정리한다든가 디자이너가 쓰기 좋게 염색약을 미리 챙겨 온다든가 등등을 하지 않아도 된다는 얘기다. 막내는 원장이 새로운 어시스턴트를 뽑아 주기를 내심 바라고 있다. 원장 역시 그러한 막내의 기대심을 모르지 않았다. 하지만 원장은 새로운 사람을 들일 생각이 없었다. 직원으로 두고 있는 김과 막내의 인건비를 챙겨 주기도 빠듯했다. 원장 자신의 인건비는 치솟은 관리비에 잡아먹힌 지 오래다. 원장은 막내가 데뷔하면 자기가 이 헤어숍의 어시스턴트가 되기로 마음먹었다. 하루에 드나드는 손님은 많아야 예닐곱 명. 김과 막내는 망해 버릴 게 분명한 이곳에서 언제든 튈 생각을 하고 있다. 김에 비해 일찍 출근하는 막내는 매일 아침 원장의 동태를 살피고 김에게 톡을 보냈다. 원장은 김과 막내가 서로 은밀한 연락을 주고받는다는 걸 알고 있었지만 기분 나빠한다거나 서운해 하지 않았다. 그렇다고 그들을 안심시킬 뾰족한 수가 있지도 않다. 김과 막내가 있는 낮 장사가 잘 되기를 바랄 수밖에는.

손님이 많이 들면 좋겠지만 원장은 애초 돈을 만져 보고자 헤어숍을 시작한 건 아니다. 그저 집안의 가업을 꾸역꾸역 이어 갈 뿐이었다. 모계 쪽으로 자그마치 천 년을 이어 오고 있는 전통적인 일이다. 원장의 부모가 딸이라고는 원장 하나밖에 낳지 않았기 때문에 원장으로선 선택의 여지가 없었다. 원장의 어머니와, 어머니의 어머니와, 어머니의 어머니의 어머니들이 해 오다가 딸에게 전수해 준 가업이 물론 미용 일은 아니다. 하지만 가업의 원형을 생각해 보면 원장이 하고 있는 일이 가업에 영 동떨어져 있지는 않다.

누군가의 몸과 마음을 다루던 자들. 원장의 모계들은 '휴지인'으로 불렸다. 코를 풀 때 쓰는 그 휴지가 아니고 휴지인(休知人), 쉼을 아는 사람들이다. 요즘 말로 표현하자면 치유자, 힐러였다고 생각하면 편하다. 휴지인이라는 말은 '쉼을 아는 자만이 고통을 치유할 수 있다'는 뜻을 품었다. 천 년간 휴지인을 찾는 사람들은 정해져 있었다. '기인'들이다. 특별한 능력을 갖고 인간 무리에 섞여 사는 종족들. 방귀쟁이 며느리, 재주 많은 삼 형제, 우렁이 각시 등등. 현대 사람들이 전래 동화나 설화에서 볼 수 있다고 생각하는 기인들은 사실 죄다 실존했던 인물들이다. 원장의 모계 어른들이 그런 기인들을 치료, 치유해 왔던 것이다. 비범한 인물들의 심신을 다루는 일이었기에 휴지인들에게는 그에 맞는 특별한 능력이 요구되었다. 아니, 특별한 운명이 요구되어 왔다고 표현하는 게 맞겠다. 태어나기를 휴지인 집안의 여자로 태어나야만 기인들을 다룰 수 있었다. 한마디로 운이다. 세상은 생각보다 그저 운으로 돌아가는 경우가 많다.

신화나 전설로 남겨질 정도로 당대의 기인들은 사람들에게 좋은 대접을 받았다. 아예 나라님으로부터 영웅 호칭을 받은 인물들도 수두룩하다. 기인들이 숨어 살 필요가 없었기 때문에 휴지인들의 입지도 나쁘지 않았다. 기인들은 두통이 일거나 배탈이 났을 때 금과 은, 쌀과 땅으로 삯을 주고 휴지인들의 치유를 받았다. 원장의 할머니들은 기인들과 몇 마디 나누는 것만으로도 꽤 풍족하게 살았다. 기인들에 대한 세상의 대접이 변하기 시작한 건 산업화 시대가 열리면서부터였다. 정형화되고 일률적이며 기계적인 인간상을 요구하는 기조가 공고화될수록 그들의 특별한 능력은 그야말로 기이하고 불편하고 불필요한 것으로 취급되었고, 기인들은 점차 사회 주변부로 밀려 나갔다.

대대적인 기인들의 해체는 1988년 서울 올림픽이 계기가 되었다. 국가는 대규모 국제 행사를 앞두고 외신에 보일 국가 이미지를 위해 환경미화 작업을 벌였다. 환경미화란 무엇이냐, 판자촌을

철거하고 부랑자들을 도시 밖으로 치워 버리는 것이다. 그 속에는 기인들도 포함되었다. 국가는 판자촌 사람들과 부랑자들, 기인들을 눈에 띄지 않는 곳으로 강제 이주시켰고 그 방식은 매우 폭력적이었다. 그 사건 이후, 기인 중에는 자신의 특별한 능력을 감추고 평범한 사람 속으로 숨어드는 이들이 많아졌다. 휴지인들의 삶도 더불어 달라졌다. 기인들이 찾지 않는 휴지인들은 비바람에 쓸려 다니는 휴지장마냥 위태로웠다. 휴지인들도 다른 기술 노동을 찾아 생계를 유지해야 했다. 조각낸 닭을 기름에 튀기거나, 유통기한이 지난 삼각김밥을 매대에서 빼 내거나 학교 급식소에서 300인분의 겉절이를 비벼 대거나 하는. 한쪽으로는 먹고살 궁리를 하면서 한쪽으론 가업도 근근이 이어 가야만 하는 괴로운 시대에 원장은 태어났다.

기인들은 천 년 전에도 우리와 함께 살았고 지금도 우리들 곁에 있다. 원장이 영업이 끝난 헤어숍 문을 닫지 못하는 이유다. 기인들은 휴지인에 대해 알음알음 돌고 있는 정보를 듣고 원장의 타임카페헤어숍을 찾아왔다. 기인들이 점점 제 모습을 감추고 살게 되었듯, 휴지인들에게 전수되는 능력들도 대를 넘어가며 반감되더니 원장에 이르러서는 능력이랄 게 거의 남아 있지 않았다. 과거 할머니들이 갖고 있던 영험한 능력들, 예를 들면 예지몽을 꾸어

길흉을 점친다든가 손길 하나로 기인들의 배앓이나 두통을 낫게
한다든가 하는 건 원장에게 없었다. 기인들의 존재를 인정한다는
것, 어쩌면 그게 휴지인들의 마지막 능력이 될 거라고 원장은 생
각했다. 원장에게 미용 기술은 먹고살 방편으로 배워 놓은 것이지
만 어머니의 어머니의 어머니들이 그랬듯 기인들의 몸을 만져 준
다는 측면에서 가업의 형태는 갖추었다고도 볼 수 있었다. 기인들
의 머리를 감기거나 커트를 해 주는 일이 할 수 있는 전부겠지만
말이다.

　오후 10시가 되자, 원장은 헤어숍 간판의 불을 내리고 전기 포
트의 전원을 올렸다. 상가의 간판 불을 끈 곳은 타임카페헤어숍이
유일했지만 상가에 남아 있는 사람도 원장이 유일했다. 전기 포트
에 물을 올리고 3분이 지나자 포트 주둥이에서 하얀 증기가 뿜어
져 나왔다. 원장은 미리 꺼내 둔 컵라면 뚜껑을 열어 마른 면 위로
스프를 털어 넣었다. 기인들의 행보는 늘 예고 없이 이루어지기
때문에 가능하면 헤어숍을 비우지 않는 것이 좋다. 컵라면이나 김
밥 따위의 간편식으로 허기를 때우는 일은 원장에게 일상이었다.
　"우드드드득."
　"꽈지지지직."

컵라면에 불을 붓자마자 헤어숍의 철문이 뜯겨 나갔다. 아기장수의 방문이었다. 철문쯤이야 한 손으로 가볍게 뜯어내는 괴력의 소유자. 아기장수는 반쯤 찢어진 철문을 종잇장 들듯 쥐고 서서 원장의 눈치를 살폈다. 원장의 미간이 별수 없이 구겨졌다. 찢겨 나간 철문 때문이 아니다. 불어 터진 컵라면은 정말로 맛이 없었다. 원장은 김이 모락모락 피어오르는 컵라면을 카운터 안쪽으로 밀어 두었다.

"이쪽으로 앉으세요."

아기장수가 서 있던 입구에서 원장이 안내한 자리까지 다섯 걸음. 드라이기 하나, 탁상 거울 하나, 미용 가위 두 개, 이동식 3단 서랍장 하나. 단 다섯 걸음을 걸어오며 아기장수가 깨트리거나 떨어뜨린 물건의 종류가 이렇다. 힘은 장사인데 주의력은 극도로 부족한 탓에 아기장수의 삶은 늘 깨지거나 망가지는 소음으로 가득했다. 목덜미가 다 덮일 정도로 산발인 머리카락, 아무렇게나 돋아난 수염, 날씨와 계절을 알 수 없는 옷차림까지. 아기장수는 오랜 세월을 길에서 보낸 노인의 몰골을 하고 있었다.

예부터 '한 마을에 아기장수 하나씩만 있어도 일 년 농사가 편하다'고 했다. 나무를 옮겨 논을 만들고, 물길을 돌려 물을 대고, 터진 둑은 바위를 던져 막아 주니 사람들은 아기장수에게만큼은 좋은 쌀로 밥을 지어 넉넉히 먹었다. 농경 사회가 저물고 산업화 사회가 시작됐을 때까지도 아기장수들의 삶은 그럭저럭 괜찮았다. 한국을 포함한 제3세계에서 건설 붐이 불었고 그 바람을 탄 아기장수들은 몇백 톤의 시멘트를 어깨로 실어 날았다. 하루 일당이 다른 사람보다 좋을 수밖에 없었다. 그즈음 아예 중동으로 넘어가 돈을 번 아기장수들도 있다. 벌어 온 중동 머니로 아파트를 구매하고 치솟은 아파트값에 올라타 꽤 여유로운 중산층이 된 경우다. 하지만 그것은 예외적인 경우이고, 세상은 아기장수처럼 힘을 갖고 태어난 기인들이 도태될 수밖에 없는 방향으로 빠르게 흘러갔다. 이후 끝없이 추락하던 건설 경기가 그렇고 굴착기, 기중기, 지게차, 덤프트럭이 시골 구석구석까지 보급된 것도 영향이 컸다.

"아들을 만나려는데 말이야. 나, 어떻게 해야 할까?"

거울 앞에 앉은 아기장수가 터진 손등을 비비며 말했다. 원장은 시루떡 같은 아기장수의 머리칼을 이리저리 들춰 보다 말했다.

"자, 의자에서 일어나세요. 일어섯! 일어난 자세 그대로 뒤를 돕니다. 뒤돌앗! 양팔은 몸통에 딱 붙입니다. 차렷! 이제 발밑을 보세요. 발밑에 보이는 타일 한 칸당 한 걸음씩 천천히 전진하겠습니다. 하나, 둘, 셋, 넷, 다섯, 여섯, 일곱. 스톱! 이제 착석합니다. 몸에 힘을 뺍니다. 의자가 뒤로 넘어갑니다. 놀라지 않습니다. 이제 고개만 살짝 뒤로, 살짝만 뒤로, 뒤로, 그만! 이제 그만! 그마아아안!"

깨졌다. 겨우 고갯짓 하나에 맛이 갔다. 미용 의자에 일어나 샴푸실까지 가는 모든 이동 거리를 세심하게 코칭했는데, 성공적이었는데, 마지막 한순간이 아쉬웠다. 아기장수가 결국 타임카페헤어숍의 하나뿐인 샴푸용 세면대를 깨 먹었다. 중고로 들여놨던 게 그나마 다행이었다. 깨진 세면대 사이로 물줄기가 흘러내렸지만, 원장은 아기장수의 머리통 위로 따뜻한 물을 계속해서 흠뻑 끼얹었다. 그의 머리카락에는 그가 거리에서 보낸 시간들이 다 들어 있었다. 날개 달린 것들의 여린 털, 작은 나뭇가지, 낙엽 같은 것들. 원장은 그것을 하나하나 골라 세심하게 빼냈다. 그리고 몇 번이나 헹궜을까. 구정물과 다름없던 헹굼 물이 맑아졌을 때, 샴푸로 거품을 냈다. 원장은 손아귀에 힘을 잔뜩 쥔 채로 아기장수의 머리통 곳곳을 문질렀다.

아기장수는 서른다섯 살의 나이로 자기보다 세 살 어린 여자와 결혼을 했다. 그의 결혼이 또래에 비해 늦어지자 친척 어른이 나서서 일을 성사시켰다. 친척 어른이 데려온 여자는 말이 느리고 셈도 느렸다. 급하게 진행된 혼인이지만 부인될 사람의 수더분한 얼굴과 검소한 성격이 마음에 들었다. 가정을 꾸린 아기장수는 이 삿짐센터 일이나 엘피지 가스통 배달과 같은 체력이 필요한 모든 일을 해냈다. 거기에 셈이 느려 돈을 쓸 줄 모르는 부인의 사정이 더해져 가정 형편은 조금씩 좋아졌다. 아이는 아들 하나를 두었다. 미숙한 부모 탓인지 예정일보다 일찍 태어났고 병치레가 잦았다. 아기장수는 그런 자신의 아들을 단 한 번도 품에 안아 보지 않았다. 사랑하지 않아서가 아니다. 자신의 부주의함 탓에 아픈 아이를 다치게 할까, 두려웠기 때문이다. 깨진 컵과 그릇, 부서진 선풍기, 손잡이가 뽑힌 방문 틈에서 아기장수의 아들은 힘겨운 걸음마를 떼야 했다. 대신 아기장수는 가족들 밥은 굶기지 않겠다는 신념으로 일했다. 빚을 내 우유 대리점을 인수하기로 한 것도 아내와 아이들을 안정적으로 먹이고 싶어서였다. 의욕에 찬 아기장수는 인수 개업 판촉물도 만들었다. 정기 배달 한 달을 유지할 때마다 열흘 치 우유를 공짜로 넣어 주겠다는 안내문이었다. 판촉물을 돌리던 아내는 네 달을 유지하면 한 달 우윳값은 안 받는 거냐는 사람들의 질문에 답하지 못하고 매번 빈손으로 돌아왔다. 그러던 어느 날 "여보, 사람들이 나라가 망했다는데, 그게 무슨 말이래요?" 하고 물었다. 그로부터 몇 달 뒤, 사람들은 닫힌 대문 위로 네 글자를 써 붙였다.

우유 사절.

사람들이 대문을 걸어 잠그는 사이, 아기장수의 IMF 시대가 저항 없이 열렸다.

"머리는 어떻게 자를까요?"

"음…… 옛날엔 이 옆머리를 아주 짧게 자르고 다녔던 것 같은데."

아기장수는 30년 전에 했던 자신의 헤어스타일을 기억하고 있었다. 원장은 헤어 클리퍼의 전원을 켜고 아기장수의 옆머리를 숭덩숭덩 밀기 시작했다. 잘려 나간 아기장수의 머리카락으로 원장의 발등이 금세 묵직해졌다.

30년간 아기장수가 재기를 위해 노력하지 않았던 것은 아니다. 우유 대리점은 빚만 남기고 사라졌지만 힘은 여전했기에 그 힘만 믿고 집을 나왔다. 전국 각지의 공사 현장을 돌았고, 농촌의 비닐하우스와 어촌의 위판장까지 힘쓰는 일로 안 다녀 본 곳이 없었다.

하지만 결정적인 순간 드러나는 주의력 부족과 두서없는 일머리가 문제였다. 사람들은 그를 '힘 좋은 시한폭탄'으로 부르다가 다시는 일터로 불러 내지 않았다. 일거리가 뜸해지면서 아기장수가 집으로 돌아가는 날도 줄어 갔다. 말과 몸 대신에 굶기지 않는 것으로 사랑과 책임을 보여 주려 했던 그였기에, 그 투박하고 촌스러운 마음을 보여 줄 길이 없을 때는 차마 집에 갈 수 없었던 것이다. 집 밖에서의 시간은 복리 이자 불어나듯 늘어만 갔고, 더는 집으로 돌아갈 수 없었다. 그렇지만 아기장수는 길 위에서 그가 할 일을 찾아 결국 해냈다. 그건 장수의 운명이었다. 강풍에 쓰러지는 크레인을 막아 서고, 눈길에 미끄러진 차를 멈춰 세우고, 쏟아지는 흙더미를 받아 내는 일. 아기장수는 몇 번이고 그런 일을 했고, 몇 번을 했는지는 세어 보지 않았다.

"괜찮으세요?"

커트를 끝낸 원장이 아기장수의 목덜미에 쌓인 머리카락을 털어 내며 물었다. 아기장수에게 괜찮으냐 물었지만 괜찮지 않은 건 원장 자신이었다. 머리도 했고, 목욕도 할 테고, 옷도 갈아입을 것이다. 모든 것이 완벽한데, 완벽하지 않다.

'뭐가 남았지?'

미용실이나 운영하고 있는 휴지인이지만 기인을 돌봐 왔던 천년의 피가 돌며 원장을 찜찜하게 만들었다. 원장은 거울에 비친 아기장수의 얼굴을 빤히 바라보았다. 노숙자로 늙어 버린 아기장수의 얼굴을 단박에 알아본 건 초로가 된 그의 부인이었다. 서울

역에서 남대문으로 넘어가는 서쪽 지하 통로에서다. 잃어버린 무언가는 늘 혹시나 하는 곳에서 발견되듯, 아들의 결혼을 앞두고 혹시나 하는 마음으로 들러 본 그곳에 그가 있었다. 아기장수는 당장 집으로 가자는 부인을 달래 돌려보냈다. 그리고 내일이면 그가 오래전 떠나온 집으로 돌아갈 것이다. 셈이 느린 그의 아내와 이제는 결혼을 앞둔 아들 곁으로.

'그래, 수염. 수염이었다.'

원장은 자신을 찜찜하게 만든 것이 제멋대로 돋아난 수염이었음을 알아차렸다. 급한 대로 여성용 눈썹 칼을 꺼냈다. 남자의 면도를 경험한 적이 없어 당황스러웠지만 어쩌겠는가. 원장은 아기장수의 얼굴에 비눗물을 대충 발라 놓고 그의 인중 쪽으로 칼날을 겨눴다.

"그거 이리 줘 보게. 이건 내가 해 보지. 이렇게 제대로 해 보는 건 정말 오랜만이지만 말이야."

원장에게서 칼을 건네받은 아기장수는 목젖에서 턱 끝 방향으로 제 얼굴의 털을 서걱서걱 밀어냈다. 그것은 화해였다. 휴지인의 손길로는 도저히 해결해 줄 수 없는 자기 자신과의 화해. 함부로 내팽개쳤던 스스로의 몸을 다시금 마주하고 정성스레 돌보는 의식이었다. 이 화해의 의식을 스스로 해내야만 아기장수는 비로소 제 얼굴과 제 몸을 하고 가족들에게 돌아갈 수 있을 것이다. 원장은 아기장수의 면도가 끝날 때까지 오래도록 기다려 주었다.

"수고하셨습니다."

"여기라도 들러 볼 수 있어서 다행이야."

"겨우 미용실인데요."

"요즘 세상에 누가 나 같은 걸 손질해 주겠어. 고마워, 원장님."

아기장수가 값이라며 주고 간 것은 아주 오래되어 보이는 옥반지였다. 자잘한 흠집이 많고 손때도 많이 타서 윤기를 잃어버린 반지는 가치가 있어 보이지 않았다. 어디였던가. 갑작스러운 폭우가 있었고 산비탈을 따라 흙더미가 쏟아져 내릴 때, 아기장수는 낡은 집에 혼자 살던 노인을 구해 냈다. 짧은 시간 사이에 집은 형체 없이 쓸려 갔고, 노인이 건진 거라고는 자신의 목숨과 손가락에 끼고 있던 반지 하나였다. 노인은 그것을 아기장수에게 주었다. 그리고 아기장수는 그것을 오래도록 간직하고 있다가 원장에게 준 것이다. 원장은 반지를 이리저리 굴려 보다가 나무젓가락을 반으로 쪼개 컵라면 면발을 한 겹 건져 먹었다. 오래 묵은 시간의 냄새가 입안으로 훅 끼쳐 들어왔다. 원장은 불어 터진 면발을 오래도록 씹었다.

급히 화장실을 다녀오겠다는 막내가 함흥차사다. 하루아침에 없어진 철문과 깨진 세면대에 적잖이 놀란 눈치였다.

　　'그래, 이 꼴을 당장 김에게 보고해야겠지.'

　　원장은 오늘부터 김이 출근하지 않아도 어쩔 수 없다, 생각했다. 하지만 원장의 짐작과는 다르게 김은 출근 도장을 찍었다. 아마도 막내가 설득했을 것이다. 얼마 남지 않은 수련 기간을 어떻게든 채워야 했을 테니까. 어젯밤 아기장수가 건드려 놓은 3단 서랍장은 하필이면 김의 것이었다. 원장이 그럴듯하게 정리해 놨지만, 자신의 물건에는 끔찍하게 굴던 김의 눈썰미에 안 걸릴 리가 없었다. 원장은 불쾌한 기색을 온몸으로 내뿜는 김을 달래고자 모처럼의 외식을 권했다. 원장 명의의 신용카드는 있되, 원장은 없는 점심 외식이었다. 김과 막내 두 사람이 점심 식사를 하러 나간 사이, 1층 상가에 입점해 있는 철물점 사장이 올라와 깨진 세면대를 보수했다. 실리콘으로 쏴서 붙이는 임시방편이었고 볼품도 없었지만 당장 사용하기엔 괜찮았다. 철문은 당장 고치지는 않기로 했다. 보안용으로 달아 놨던 것인데 솔직히 타임카페헤어숍에 보안이 필요한 물건들은 없었다. 그리고 아직 유리로 된 출입문이 있으니 손님을 받는 데 문제는 없었다. 이제 원장이 혼자 있을 때 받을 수 있는 '간단한' 손님만 들어오면 될 일이었다.

"뭐야, 여기 하는 거 맞아요?"

열여덟 살쯤 됐을까? 고등학생인 건 분명했다. 아이가 입고 온 교복을 원장은 알고 있다. 헤어숍 근처에 있는 여자고등학교 교복이었다. 영업하는 거 맞느냐며, 아이는 껄렁하게 서서 한쪽으로 치워 놓은 철문을 발끝으로 건드렸다. 어수선한 분위기를 손님에게 들켰다는 민망함도 잠시, 아이는 벌써 헤어숍 안으로 들어와 있었다. "여기 앉으면 돼요?"라고 물으면서 이미 미용 의자에 앉아 있었고, 미용 가운을 가지러 가는 원장의 뒤통수에 "앞머리만 다듬을 건데 얼마예여?"라고 물었다. 원장은 3천 원, 이라고 답하려다 말았다. 그게 만 원이라 한들 듣지 않을 게 뻔했다. 핸드폰에 코를 박고 손가락을 현란하게 움직이는 고등학생에게 지금 무슨 말인들 들릴까 싶었다.

아이는 미용 가운으로 몸통이 포위되고 나서야 고개를 들었다. 일자로 기른 앞머리가 콧등까지 내려와 있었다. 원장은 아이의 앞머리를 잡아 조금씩 위로 올리며 커트 가능 길이를 조정했다.

'명심하자. 이건 고등학생의 앞머리다.'

원장은 그 사실을 몇 번이고 속으로 되뇌었다. 조심성 없이 뭉

텅이로 잘랐다간 돌이킬 수 없는 파국이 펼쳐질 것이다. 원장 자신이 그 일을 당해 봐서 안다. 고등학교 시절, 어머니가 이용하던 시장통 미용원에 따라갔다가 6개월을 꼬박 기른 앞머리를 날렸다. 그 일로 원장은 3일간 학교에 나가지 않았다. 어머니는 그깟 앞머리 하나로 별 지랄을 다 한다며 원장을 때렸다. 어머니가 휘두르는 손길에 쥐어 터지며 원장은 다짐했다.

'나는 결코 그깟 앞머리를 함부로 대하는 어른이 되지 않겠다.'

"얼마큼? 이만큼?"

"진짜 쪼오끔만 자를 거예요."

"그럼 이 정도?"

"그것보다 더 쪼끔? 아, 잠시만여."

'야, 이 미친년아. 왜 이제 전화해'로 시작된 통화는 언제, 어디서, 누구를 만날 것인지를 정하고서야 마무리되었다. 그리고 원장에게 급히 말하기를, 이걸 가려야 한다고 했다.

"이거요, 이거" 하며 아이는 앞머리를 위로 까뒤집어 이마를 원장에게 내보였다. 몽고반점이었다. 미간 사이, 누군가 지장을 찍어 놓은 듯 새파랗게 박혀 있는 몽고반점.

'너, 삼신이구나.'

원장은 속으로만 알은체했다. 기인들은 대체로 영업이 끝난 늦은 밤이 되어서야 타임카페헤어숍을 찾았다. 비범하고 특이하고 그래서 숨겨야 하는 자신들의 존재를 밤이라는 시간 속에 감추고 싶어 했기 때문이다. 하지만 드물게 낮에 오는 기인들도 있다. 그들은 대체로 어리고, 당당하며, 자신이 누구인지 모르거나 모른 척하는 기인들이다. 열여덟 살로 살아 가는 이 삼신할매의 경우처럼.

삼신은 삼신할매로 더 잘 알려져 있지만 그건 일종의 관용적 표현일 뿐 살아 가는 모습과 형태는 천차만별이다. 휴지인인 원장조차 이마의 반점을 보기 전까지는 이 아이가 삼신일 것으로 생각하지 못했다. 물론 옛날엔 노인의 모습을 한 삼신들이 많았다. 다양한 기인 중 가장 바쁜 이들을 꼽으라면 단연 삼신할매들이었다. 집집마다 아이가 예닐곱 명은 예사로 태어났고 그 모든 아이들의 성장을 관장하려니 일이 많았다. 삼신들의 은퇴가 늦어질 수밖에 없던 것이다. 삼신들이 꼬부랑 할머니가 될 때까지 일을 열심히 했으니 사람들의 인식 속에 삼신은 늘 할매였다. 하지만 모두 다 옛날 얘기다. 이제 '할매'로 불릴 만한 삼신들은 거의 남아 있지 않다. 인간 사회에 환멸을 느낀 노장들이 대거 은퇴한 사건이 있었기 때문이다. 바로 국가의 산아 제한 정책이다. 1970년대에 시작해 1980년대 들어 강력하게 시행한 산아 제한 정책은 삼신들의 손과 발을 묶어 버리는 일이었다. 삼신들의 상심은 컸다. 하지만 이것도 다 옛날 얘기다. 이제는 이곳에 사는 인간들이 아이를 낳지 않는다. 그럼에도 새로운 생명을 점지해야만 하는 삼신들이 괴로울 뿐이었다. 이제 누구도 삼신의 업을 이어받으려 하지 않았다. 인간의 대가 끊기기 전에 삼신이 먼저 멸종할 위기에 처했다. 하지만 삼신이 누구인가. 아이를 태어나게 하는 자들이다. 삼신들은 자신의 능력으로 자구책을 마련했다. 아예 삼신의 업을 갖고 태어날 아이를 점지하는 것이었다. 그리고 그 증표를 아이의 몸에 남겨 두었는데, 그게 바로 사라지지 않는 반점이다. 신생아들에게 흔히 보이는 몽고반점은 아이가 커감에 따라 점점 흐려지거나 사라지기 마련이다. 하지만 삼신으로 점지된 증표는 아이가 성장할수록 짙어지며 제 운명을 드러낸다.

'그래도 그렇지. 할매가 좀 얄궂네. 하필이면 애 이마에 이럴 게 뭐람.'

원장은 아이 이마의 시퍼런 점을 보며 생각했다.

"진짜 이것 땜에 짜증 나 죽겠다고요. 제가 피부과도 가 봤거든여? 근데 피부과 원장님도 이걸 못 빼 주겠다는 거예요. 뭐 피부가 얇아서 어쩌구, 흉터가 어떻고, 뭐라드라, 표피? 아니다, 무슨 진피층이 어쩌구? 아무튼, 이게 말이 돼요? 원장님, 여기서 이거는 못

없애요?"

아이는 자신이 삼신이라는 것과 원장이 휴지인이라는 것을 아는 눈치였다. 세상은 알아보지 못하는 괴로움을 갖고 사는 자와 그들의 괴로움을 치유하는 자, 기인과 휴지인. 원장은 지독하게 얽혀 있는 천 년의 인연이 야속했다.

'피부과 원장도 포기한 걸 미용실 원장이 할 수 있나. 저 점을 내가 어떻게 할 수 있을까.'

이름뿐인 무능한 휴지인이 열여덟 삼신에게 해 줄 수 있는 것은, 역시 커트밖에 없었다.

고등학교에 재학 중인 삼신은 학교보다는 학교 내 댄스 동아리에서 주로 활동하는 인물이다. 삼각함수라든가 미적분에 대해서는 관심이 없을 뿐더러 전혀 이해를 못하는 수준을 갖고 있었지만 춤에 있어서는 지대한 관심과 소질을 보였다. 삼신은 10명이 모인 댄스 동아리를 이끄는 리더로, 지역에서 춤 좀 춘다는 10대들 사이에선 꽤 유명한 스트리트 댄서였다. 최근에는 주변 학교의 댄스 동아리들과 모여 일 년에 한 번 공연하는 이른바 연합 공연을 앞두고 신경이 있는 대로 예민해져 있었다. 삼신과 친구들은 두 곡의 음악을 믹싱한 음악으로 총 6분짜리 공연을 준비하고 있는데, 오늘이 그 공연의 리허설이 있는 날이었다. 삼신은 곡 선정부터 군무의 구성, 의상과 무대 콘셉트 등 거의 모든 결정을 주도해 왔고 동아리 아이들은 대체로 삼신의 의견을 따라 주었다. 그러나 한 가지, 삼신의 기세로도 설득되지 않는 사안이 있었다. 준비하고 있는 공연이 개인의 기량을 강조하기보다는 완벽하게 통일된 단체 군무가 보여 줄 수 있는 카리스마로 무대를 압도하겠다는 콘셉트였기 때문에 삼신과 댄서들은 각자의 팔을 들어 올리는 각도까지 세심하게 조정하며 연습해 왔다. 조금씩 모아 왔던 회비로 단체 의상도 맞췄다. 그리고 남은 것이 헤어스타일이다.

삼신이 설득하지 못한 단 하나의 사안. 삼신의 앞머리가 문제였다. 삼신 외 아홉 명의 동아리 부원들에겐 콧잔등까지 길게 내려와 있는 문제적 길이의 앞머리가 없었다. 아홉 명에게 이 일은 매우 간단한 일이었다. 삼신이 자신의 앞머리를 친구들 것과 비슷하게 자르면 된다. 동아리 부원들의 앞머리 길이는 눈썹에서 1센티 위. 그렇게 된다면 삼신의 미간에 찍혀 있는 새파란 몽고반점이 여지없이 드러나게 된다. 삼신은 극렬하게 거부해 왔다. 머리 길이는 '그것'과 아무 상관이 없다고 우겨도 봤다. 하지만 '그것'과 관련해 자신이 지금껏 벌려 놓고 쌓아 놓은 업보가 너무 컸다. 삼신이 강조해 왔던 그것, 통일성이었다. 약속된 안무가 조금이라도 흐트러지면 '다시!'를 외치고 '똑같이'를 요구했다. 그 통일성 때문에 살

집이 있던 부원 하나는 친구들의 평균 체격에 자신의 몸을 맞추기 위해 혹독한 다이어트를 감행했다. 누구는 몇 주를 삶은 양배추만 먹고 있는데 리더가 돼서 앞머리 하나 못 자른다는 게 말이 되느냐는, 소위 앞머리 책임론이 동아리 내부에서 솔솔 피어올랐다.

"그니깐 일단 애들 정도로만 보이면 되거든여?"

삼신은 휴대폰의 사진첩을 열어 얼마 전에 찍은 동아리 단체 사진을 원장에게 보여 줬다. 그들과 비슷한 정도로 보이되, 미간의 몽고반점은 가릴 수 있느냐는 질문이었다.

"아니. 그렇게는 안 될 것 같은데."

"그럼……. 나 같은 사람은 어떻게 되는지 알아요?"

부서진 철문을 발로 차던 열여덟의 패기는 온데간데없이 사라진 목소리였다. 원장은 분무기로 삼신의 앞머리를 적시며 질문을 곱씹었다.

'운명을 거부한 사람은 어떻게 되느냐고? 글쎄 어떻게 될까.'

스스로 선택할 수 없는 운명이 있다는 건 얼마나 불합리한 일인가. 순응만이 정답인 인생이 있다면 그건 얼마나 답답한 일인가. 25년 전, 10대였던 원장이 앓고 지나 온 질문들은 역병처럼 숨어 있다가 눈앞에 있는 열여덟 살의 얼굴까지 전염시켰다. 그것은 예방 접종이 불가능한 우울이었다. 고고히 흐르는 운명의 강 앞에서 열여덟 살의 원장이 끝내 건너가 보기를 포기했던 다리 위에 지금 삼신이 서 있다. 이 다리를 건너면 무엇이 있을지 원장은 알 수 없었다.

"서, 설마 주, 죽어요?"

"아니. 그렇게도 안 될 것 같은데."

죽지 않는다. 적어도 그 사실만은 알고 있었다. 강 건너 미지의 세계가 어떤 모양일지는 알 수 없지만, 그 다리를 건넜다고 해서 산 사람이 죽거나 죽은 사람이 부활하지는 않는다. 다리를 건너갔다 다시 되돌아온 운명들도 많다.

"다만, 그렇게 되면 인생에 페널티가 있어"라고 원장의 어머니는 말했다. 원장이 휴지인의 삶을 받아들이지 못했을 때였다. 때는 2002년, 한일 월드컵이 한창이었다.

"그걸 거부해 버리면 페널티가 있어. 타고난 운명이 있다는 건 네 홈그라운드가 있다는 얘기야. 그 홈에서만 경기를 뛰면 쉽다는 얘기지. 지금 월드컵을 봐. 박지성 선수가 포르투갈전에서 골을 넣더니만 우리가 16강에 가고, 8강에 가고, 지금 4강전까지 올라왔잖아. 이게 기적이다, 꿈이 이루어진 거다, 이렇게 떠들 필요가 없어. 간단해. 홈 어드밴티지가 있었던 거야. 그러니까 내 거, 내 운명의 판에서 경기한다는 건 이렇게 홈 어드밴티지의 비호를 받는다는 거야. 경기에 유리하다는 거지. 알아 들어? 근데 내 운명을 거부하고 산다? 그거는 네가 일생을 원정 경기만 뛰러 다니는 거랑 똑같아. 야, 생각을 좀 해 봐라. 그 경기장에 들어선 홈팬들이 누굴 응원하겠니? 걔들이 원정 경기 온 애들을 퍽이나 응원하겠냐고. 또 경기장에서는 어떠니? 뻑하면 애매한 판정으로 페널티를 계속 받는 거야. 억울해 죽겠지. 응원도 못 받지. 그러니 얼마나 서러워, 얼마나 고단해. 응? 너 이제 봐라, 결국은 이번 월드컵에서 우리나라가 승리한다. 그게 바로 홈그라운드 어드밴티지야. 운명이란 그런 거라고."

원장은 모든 경기를 어머니와 함께 시청했다. 대한민국이 승리할 때마다 어머니의 홈 어드밴티지 운명론에도 힘이 실렸다. 하지만 어머니는 틀렸다. 2002년 한일 월드컵에서 대한민국은 4강전에서 독일에 패했고 3, 4위 결정전에서는 튀르키예에 3 대 2로 패하면서 4위에 머물렀다. 대한민국의 패배가 명백해지고 경기 종료를 알리는 심판의 휘슬이 울리자마자 원장은 어머니의 얼굴부터 쳐다봤다. 어머니의 마지막 한마디는 이거였다.

"저 지독한 것들!"

원장은 지독하지도 않았고 그렇다고 홈 어드밴티지 운명론을 믿지도 않았지만, 휴지인의 삶을 살아 가고 있다. 이것을 스스로 운명을 받아들였다고 말하기는 뭣하고 거부하고 있다고 말하기도 어렵다. 그저 살아져서 살아진달까? 특별히 하고 싶거나 되고 싶은 게 없었고, 휴지인이 더는 특별한 존재가 아니며 그렇게 될 능력도 사라졌다는 점에서 거부감이 덜했다. 다만 어른들의 잔소리가 귀찮으니 대충 하는 척만 하겠다는 식으로 살아왔다. 이렇게 사는 것도 나쁘지 않았다. 하지만 다시 한번 생각해도 어머니는 틀렸다. 원장은 타고난 운명대로 살고 있음에도 지금껏 어드밴티지라고 할 만한 것들을 받아 본 적 없다. 오히려 페널티가 아닌가 싶은 것들이 많았다. 헤어숍 앞으로 갑자기 뚫려 버린 지하철역처럼 말이다. 그런 의미에서 기인들이 자신의 운명을 거부했을 때 받게 된다는 페널티도 이런 성질일 거라고 원장은 짐작했다. 어드밴티지와 페널티는 동전의 앞뒷면이다. 어차피 인생은 누구에게나 가혹하다. 운명보다 힘이 센 것은 나의 선택이고, 내 선택을 어떻게 책임지느냐에 따라 인생의 모양도 바뀐다. 원장은 그걸 알고 있었다. 스스로 책임을 져 보기 전까지는 선택의 결과가 오르막일지, 내리막일지, 그것이 내 인생의 플러스가 될지, 마이너스를 만들지 아무도 모른다.

"근데 삼신을 거부하면 인생 완전 망한대요."

"누가 그래?"

"꿈에서 삼신할매가요. 요새 맨날 꿈에 와서 난리 쳐요."

"그래서 너는 뭐라고 했는데?"

"네네. 그럼 망할게여."

열여덟 살 댄스 동아리 리더에게 가해진 할매의 협박은 순진하다 못해 한심하기까지 했다. 아이를 겁주려고 찾아왔다가 되레 혼쭐나고 돌아갔을 할매를 생각하자니 원장은 "풉" 하고 웃음이 터져 나왔다.

원장은 물에 젖은 삼신의 앞머리를 가지런히 빗어 놓고 과감하게 잘랐다. 삼신이 예상했던 것보다 더 많이. 앞머리에 가려져 있던 몽고반점이 미간 사이로 퍼렇게 보이니 난리가 났다. 원장이 예상했던 것보다 더 심하게.

'나도 결국 앞머리를 함부로 대하는 어른이 되어 버렸던가.'

원장 자신이 단호한 마음으로 저질러 놓고도 울고불고 난리 통인 삼신의 반응에 약간의 자책이 들었다. 하지만 삼신의 앞머리는 자신의 앞머리와는 달랐다. 그것은 다만 유행이나 스타일, 개성의 문제가 아닌 것이다. 삼신이 제 운명 때문에 평생을 저런 상태로, 앞머리를 기르고 길러 콧등까지 가리고 살게 할 수는 없는 일이었다. 삼신은 갑작스레 짧아진 제 앞머리를 잡아당겼다가, 옆으로 넘겼다가, 물을 뿌렸다가, 드라이를 해 봤다가, 에센스를 발랐다가, 샴푸까지 해 보고 나서야 이것이 현실이고 제 앞머리가 이 지경이 됐다는 사실을 받아들였다.

"다 했니? 이제 이리 와 봐."

원장은 눈이 퉁퉁 부은 삼신을 불러다 다시 거울 앞에 앉혔다. 그리고 이번엔 앞머리를 아예 모조리 잡아다가 이마 위쪽으로 올려 핀을 꼽아 단단히 고정했다. 삼신 스스로도 오랜만에 보게 되는 말간 얼굴이 거울에 비쳤다. 자신과 눈이 마주친 삼신은 눈을 질끈 감았고 쉽사리 뜨지 않았다. 그 사이, 원장은 평소 잘 쓰지 않던 서랍을 열어 두툼한 파우치를 꺼냈다. 메이크업 손님을 위해 준비해 뒀던 것이다. 원장은 의자를 끌어와 삼신과 마주 앉았다.

"일단 스킨이나 에센스로 이렇게 피붓결을 정리해 주고 로션도 이어서 바르고. 날씨가 건조할 때는 수분 크림 같은 것도 같이 발라 주면 좋아. 그리고 선크림도 이렇게 꼼꼼하게. 그다음이 메이크업 베이스. 메이크업 베이스는 피부 톤도 한번 정돈해 주고 뒤에 바를 파운데이션 밀착력도 도와줘."

원장은 마치 교육을 하듯 세심하게 설명하며 삼신의 얼굴을 만졌다. 삼신의 얼굴에 쓸 파운데이션은 커버력이 좋으면서 너무 매트하지 않은 것으로 골랐다. 원장은 손등에 파운데이션을 짜 놓은 다음 스패출러로 살짝 긁어 삼신 얼굴 곳곳에 올렸다.

"너무 두껍게 바르면 안 돼. 최대한 얇게. 그다음이 스펀지. 스펀지로 톡톡 두드려 가면서 얼굴 전체에 파운데이션을 펴 바르는 거지. 이건 네가 한번 해 볼래?"

삼신은 어쩐지 쭈뼛거렸다. 해서는 안 될 일을 하게 됐다는 죄책감 같은 것이 들었던 것이다. 파우더형으로 나온 메이크업 쿠션 정도는 삼신도 한두 번 사용해 본 적이 있다. 하지만 지금처럼 본격적이고 체계적인 화장은 해 본 적도, 해 볼 기회도 없었다. 게다가 춤에 정신 팔려 있는 걸 못마땅해 하던 부모님 눈에 화장한 얼굴이라도 걸리게 되면 동아리고 연합 공연이고 죄다 끝장이었다. 스무 살이 되면 제대로 해 보겠다는 막연한 마음만 갖고 있었다. '하지만 이건 어른이 해 주신 것이다, 나는 잘못이 없다'고 되뇌며 삼신은 긴장된 마음을 가다듬었다. 파운데이션을 바르는 중에 역시 신경 쓰이는 것은 몽고반점이었다. 메이크업 베이스에 파운데이션까지 발랐음에도 푸른 점은 마성의 존재감을 미묘하고도 은은하게 드러내고 있었다. 삼신은 이왕 이렇게 된 거, 이걸 조져 버리겠다는 생각으로 파운데이션을 집중적으로, 계속해서 발랐다. 하지만 고르지 않은 파운데이션 두께만이 미간 가득 남았을 뿐, 푸른 점은 조져지지 않았다. 삼신의 광기를 눈치 챈 원장이 스펀지를 빼앗으며 말했다.

"중요한 건 얇게, 고르게, 전체적으로 바르는 거야. 그리고 마지막으로 이걸 발라 보자. 잡티를 한 번 더 커버해 주는 거지. 화장할 때 주의할 건 이것만 발라서도 안 되고, 이걸 안 발라도 안 될 테고. 과정이 필요한 거지. 피부에 레이어를 계속 쌓는다고 생각해야 해."

원장은 삼신의 미간에 컨실러를 두어 번 찍어 놓고 가볍게 펴 발랐다.

"다 됐다."

이윽고 삼신이 거울 앞에 섰다. 몽고반점은 완벽하게 사라져 있었다. 물론 이 방식이 완벽하고, 뾰족한 해결책은 아니라는 걸 삼신도 알고 있었다. 하지만 이건 가능성의 얘기였다. 이렇게도 될 수 있고, 이렇게도 살아 볼 수 있다는 가능성. 삼신은 애써 해 놓은 화장이 상할까 봐 얼굴을 만져 보지도 못하고 눈알만 굴려 댔다.

그때였다. 원장이 분무기를 가져와 삼신의 얼굴에 물을 뿌리기 시작했다. 이마에 맺힌 물방울이 턱 끝으로 줄줄 흘러내렸다. 얼마나 뿌려 대는지 눈을 뜰 수 없을 지경이었다. 물을 뿌리던 원장이 건조하게 말했다.

"워터프루프."

워터프루프. 춤을 추다 땀에 절을 삼신을 고려한 원장의 비책이었다. 원장은 수건으로 삼신의 얼굴을 닦게 한 후, 핀으로 고정해 놨던 앞머리를 이마 위로 내려 주었다. 그리고 헤어롤 브러시를 감아 가볍게 드라이했다. 귀엽고 발랄한, 열여덟 살만이 보일 수 있는 해사한 웃음이 삼신의 얼굴에 번졌다. 역시 앞머리는 중요한 거라고, 원장은 생각했다.

"그래서, 안 죽는다는 거죠?"

"안 죽어. 그러니까 그냥."

"그냥?"

"그냥, 하루하루 지독하게 즐겁게 살아."

지독한 것들이 남의 집 안방에 쳐들어가 승리를 쟁취하는 것만큼 짜릿하고 재미있는 일도 없다. 위대한 역사는 늘 그런 장면을 통해 만들어져 왔다. 또 와도 되냐는 삼신의 물음에 원장은 고개를 끄덕였다. 오른손엔 파운데이션을, 왼손엔 컨실러를 결연하게 쥐고 원정 경기를 뛰러 가는 삼신의 뒷모습에서 기분 좋은 흥분이 느껴졌다.

김과 막내는 얼마 전 새로 생긴 수제 햄버거 집에서 세트 메뉴와 커피까지 야무지게 챙겨 먹고 돌아왔다. 다행히 김의 기분은 나아진 것 같았다. 막내는 자신들이 나가 있는 사이, 손님이 들었는지 궁금해 했다. 원장은 앞머리를 다듬으러 온 손님 한 명이 있었다고 했다. 김이 커트 가격은 얼마를 받았냐고 물었다. 3천 원을 받았다고 하니 그럴 줄 알았다는 투로 김이 말했다.

"원장님, 우리 숍 앞머리 커트 5천 원부터 해요. 소문 잘못 나면 안 되는데 어쩌시려고."

◇

어쩌실 것도 없이 헤어숍은 늘 한산했다. 물론 3천 원을 들고 와 앞머리 커트를 요구하는 학생들은 더러 있었지만, 소문이 잘못 됐다고 변명할 수준으로 몰려오지는 않았다. 그 사이 막내는 정식으로 헤어 디자이너가 됐다. 원장은 막내가 쓸 명함을 새로 만들어 주었다. 명함은 인터넷으로 제작했는데, 최소 100장은 되어야 주문이 가능했다. 100장의 명함. 과연 그것을 다 쓸 때까지 타임카페헤어숍이 생존할 수 있을 것인가, 원장은 그게 걱정이었다. 커트 손님 둘, 앞머리 손님 둘, 염색 손님 하나, 펌 손님 하나. 오늘도 원장의 열 손가락은 다 접히지 않았다. 삼신을 끝으로 몇 달간 기인들도 찾아오지 않았다. 김과 막내에게는 내색하지 않았지만 결국 지난달 월세를 내지 못했다.

'이제 정말 장사를 접어야 하나. 드디어 때가 온 것인가.'

원장의 고민이 깊어 갔다.

"띵."

무겁게 내려앉은 적막을 깬 건 휴대폰 알림 소리였다. 모처럼 예약 문자가 들어왔다. 예약 시간은 오늘 밤 11시. 방문 경로는 지인 소개. 디자이너 선택은 원장으로 되어 있었고, 원하는 시술은 기타로 체크되어 있다. 그리고 기타 의견을 이렇게 남겨 보냈다.

- 28세. 신체 건강한 남자(군필).
- 둔갑술 쓰다가 도력 떨어져서 여자 몸에 갇혔음.
- 현재 공무원 고시 준비 중.
- 노량진 기숙 학원에 있어서 시간 빠듯함.
- 가격 협의.

오후 10시. 원장은 헤어숍 간판의 불을 내리고 전기 포트의 전원을 올렸다. 포트 주둥이에서 하얀 증기가 뿜어져 나온다. 컵라면 뚜껑을 열어 마른 면 위로 스프를 털어 넣었다. 전우치의 후예가 도착하기까지는 시간이 좀 남아 있었다.

롱디체

박생강

순두부

졸음이 나를 쫓아다닌다. 쉬는 시간에 학교 화장실에서 세수를
한다.

"푸하푸하."

6월이다. 늦봄이고 노곤하지만 그래도 이건 절망적이다. 작년
까지는 이렇지 않았는데…….

중학교 때는 반에서 모범생이었고 공부도 좀 하는 편이었다. 반
에서 1, 2등은 원래 괴물 같은 애들이 하는 거니까 진입 장벽이 높
았다. 그래도 나는 열 손가락, 운 좋으면 다섯 손가락 안에는 들었

다. 그런데 고등학교에 올라 온 지금은…….

신은 내게 공부를 할 인내력은 주었다. 하지만 졸음을 쫓을 인
내력까지는 주지 않았다. 내 몸이 졸음 앞에선 말을 듣지 않았다.

쉬는 시간이 끝나고 다시 수업이 시작되었다. 힘을 꽉 주고 눈
을 부릅뜨 보지만 천장에서 뜨듯한 침 같은 게 뚝뚝 떨어진다. 눈
꺼풀을 잠시 치켜뜬다.

"천장에 붙어 있군. 순두부 괴물."

주르륵 잠으로 끌려 들어간다.

이번에 끌려간 곳은 증기로 가득한 샤워실이다. 나는 교복 차림
으로 추적추적 뜨거운 물을 맞고 있다. 순두부 괴물들이 몰려오고
있다. 몽글몽글한 모습으로. 자기들끼리 뭉개지고 붙어서 우어어
어, 거리면서 다가온다.

"그만, 그만하라고. 난 어렸을 때도 순두부가 제일 싫었어! 그
미끄덩하고 물컹한 식감."

하지만 녀석들은 기어코 다가온다.

그때, 어디선가 내 머리로 화살이 "슈웅" 날아온다.

"으악!"

눈을 뜨니 관자놀이에 맞은 종이쪽지가 책상에 툭 떨어져 있다.
나는 꼬깃꼬깃한 쪽지를 주워 읽었다.

- 차정우, 그만 쳐 자.

나는 조심스럽게 주위를 둘러보았다. 대각선 방향에 턱을 괴고 나를 바라보는 용이가 있었다.

구용. 여자애 이름치고는 특이했다. 이유가 있었다. 아버지가 유명한 판타지 소설가인데 첫아이는 무조건 '용'으로 이름을 지을 거라고 선언했단다. 용이 아버지는 동서양 상관없는 드래곤 덕후였다. 그런데 초등학교 때 〈용팔이〉란 드라마가 인기를 끌면서 구용의 별명은 언제나 용팔이였다.

사실 나는 그 용팔이와 중학교 1학년 때 한 학기 동안 사귀었었다. 다음 학기에 용이가 전학을 가는 바람에 우리는 자연스레 멀어졌다. 그런데 고등학교에 올라와서 용이와 다시 만날 줄이야. 물론 용이와 나의 사이는 이미 남과 북처럼 멀어져 있었다. 서로 말도 섞지 않고 서먹했다. 그런 용이가 3개월 만에 말을 걸어왔다. 직접 말한 건 아니고 쪽지였지만. 게다가 거기에 적혀 있는 글이란 슬프게도 "차정우, 그만 쳐 자." 이게 전부였다.

"용아, 내가 자고 싶어서 자는 게 아니다."

하지만 순두부 괴물에게 쫓겨 졸음에 허덕거린다고 사실대로 말할 수야 없었다.

미끄덩

하굣길에 우연히 마을버스를 기다리다 다시 용이와 만났다. 나는 슬쩍 용이 옆으로 다가갔다. 용이의 얼굴에 드러난 표정을 보니 나를 아주 한심하게 여기는 듯했다.

"넌 중학교 땐 안 그러더니. 수업 시간 내내 잠만 자더라."

"아, 됐어. 용팔이."

나는 창피하고 짜증도 났다. 나도 모르게 퉁명스럽게 말이 나가 버렸다. 그때 마을버스가 정류장에 도착했다. 우리는 마을버스를 탄 뒤에도 한 마디 말도 없이 서서 갔다. 하지만 마을버스 안에 학생들이 너무 많아서 어쩔 수 없이 둘이 가까이 있을 수밖에 없었다. 우리는 마을버스에서 내릴 때까지 아무 말도 하지 않았다. 겨우 뭔가를 말하려던 순간, 용이가 먼저 내려 버렸다.

용이는 차에서 내리기 전에 내게 딱 한마디를 했다.

"용팔이? 이제 아무도 그렇게 안 부른다고. 다시 한 번 그렇게 부르면……! 잘 알겠지?"

나는 버스에 몸을 실은 채 다음 정거장까지 갔다.

사실 용이를 같은 고등학교에서 다시 만났을 때 멋쩍기만 한 것은 아니었다. '심쿵함'을 다시 느꼈다. 혼자 그렇게 마을버스를 타고 가다 용이가 나를 좋아했던 이유가 떠올랐다. 다른 애들은 엎드려 잠만 자고 있는 시간에도 참고서를 펼치고 공부하던 내 모습이 좋았다는 것이다. 뭔가 믿음직한 녀석인 것 같았다고 했다. 그런데 지금의 모습은 내가 봐도 한심하다. 교과서를 펼치면 푹신한 베개가 펼쳐지는 것 같고, 수학 공식을 외우다 보면 어느새 꿈속에서 순두부 괴물의 아지트로 끌려가 감금당하고 있었다.

"이건 아냐, 이건 아니라고!"

나는 학원 의자에 앉아 다시는 수업 시간에 잠에 빠지지 않으리라 다짐했다. 학원 선생님이 들어 오고 칠판에 적으며 고려의 국자감을 설명하는데, 그게 감자국으로 들리더니…… 책상 밑에서 다시 순두부 괴물이 고개를 내밀었다.

순두부 괴물이 나를 끌고 간 곳은 후텁지근한 땡볕 아래였다. 머리가 어질어질했다. 저쪽에서 순두부 괴물들이 다가왔다. 이번에는 녀석들과 한 판 붙어 보려고 마음먹었다. 두부는 합치고 나뉘어도 두부인가? 두 덩어리가 세 덩어리가 되더니 어느새 다시 하나의 덩어리가 됐다. 나는 세차게 고개를 내저었다. 하지만 너무 기진맥진 졸려서 힘을 쓸 수 없었다. 그때 요란한 고함소리와 함께 날카로운 칼이 내 등짝을 여러 차례 찔러댔다. 으악, 뒤에서 다른 순두부 녀석이 나를 공격하는구나!

"치정우, 침 좀 닦지."

나를 깨운 친구가 연신 손바닥으로 등을 툭툭 치며 나직하게 말했다.

학원을 끝내고 나오는데 친구가 말을 걸었다.

"너 밤마다 뭐 하냐? 밤새 게임해?"

물론 그런 시절도 있기는 했다.

미친 듯이 공부를 하면 나도 인간이니까 어딘가에 스트레스를 풀어야 했다. 잠들기 전까지 휴대폰을 손에 쥐고 게임하다 그대로 곯아떨어지곤 했다. 하지만 지금은 게임을 할 마음도 나지 않았다. 그저 침대에 누우면 껌뻑껌뻑 눈이 감겼다. 천장에선 계속 순두부 괴물의 미지근한 침이 주르륵 떨어졌다.

"아니다. 그냥 밤에도 잔다."

"형님한테 거짓말하지 말고. 밤에 진짜 뭐 하는데?"

아, 한숨이 나왔다.

이 무지막지한 졸음의 고리를 끊어야만 했다.

아직 어른도 되지 않았는데 내 인생이 홍건한 침의 늪에 빠진 듯했다. 고교생의 시간은 다람쥐 쳇바퀴처럼 끝없는 반복의 나날이다. 그런데 내 삶은 참기름 바른 쳇바퀴다. 달릴 수도 없을 만큼 자꾸자꾸 미끄덩거렸다.

제각각

다음 날, 학교에서 쉬는 시간에 눈을 떠 보니 용이가 나를 내려다보고 있었다.

"인생 나락인가? 또 자고 있네."

나는 눈을 끔뻑거렸다. 아마 지금의 멍한 내 눈은 순두부 괴물의 그것과 비슷할 것 같았다.

"용아, 억울하다. 진짜, 내가 말을 못하겠다."

나는 그렇게 말을 하고 나서 다시 고개를 묻었다.

하지만 용이는 떠나지 않고 내 옆에 서 있었다.

"눈 좀 뜨지?"

나는 눈을 떴다. 그러고는 나직하게 말했다.

"용이야, 나 좀 내버려둬. 내가 졸고 싶어서 조는 게 아니야."

나는 뭐라고 변명을 해야 하나, 잠시 고민했다.

졸음에 쫓기는 것도 억울한데 거짓말까지 해야 하나? 그래, 누군가한테는 진실을 말해야 속이 시원할지도 몰랐다. 뭐, 어차피 진실을 말해도 믿지 않을 게 뻔했다.

나는 용이를 아련한 눈으로 바라보았다.

"아직도 잠이 덜 깼나 보네. 눈은 풀려가지고."

용이가 툴툴거렸다.

"용이야, 믿든 안 믿든 상관은 없어. 근데 내가 잠에 빠지는 이유가 있으니까 잘 들어 줘. 용아, 나를 쫓아다니는 순두부 괴물이 있어. 그 괴물이 나타나면 나는 기절하듯 잠들어 버려. 그리고 꿈에 그 녀석들이 나타나 줄곧 나를 괴롭히지."

용이는 황당한 표정으로 나를 바라보았다.

그런데 어라, 저 얼굴 뭐지. 한심한 표정은 아니잖아?

그때 수업종이 울렸고 용이는 자리로 되돌아갔다. 수학 시간에도 나는 선생님이 설명하는 함수를 듣다가 다시 순두부 괴물들이 있는 곳으로 끌려갔다. 이번에는 부글부글 끓는 불가마 같은 곳이었는데, 순두부 괴물만 보이는 게 아니었다.

그곳에서는 다른 학교 교복을 입은 아이들이 지친 모습으로 철퍼덕 퍼져 있었다. 힘없는 표정으로 앉아 있는 아이들을 보고 나는 말을 걸었다.

"너희들도?"

그들 중 한 명이 고개를 끄덕였다.

"맞아, 너무너무 졸려. 시간이 없는데, 시간이 너무 없는데, 내 몸이 내 맘대로 안 돼."

"10년 후 내 모습이 보여. 애들은 다 좋은 회사에 취직하고 돈도 많이 벌었는데, 나는 그때도 계속 잠이나 자고 있을 거야. 아, 끔찍해. 상상만 해도 끔찍하다고."

"난 잠을 줄이려고 각성제까지 먹는데, 딱 그때뿐이라고."

그때 순두부 괴물이 아이들을 향해 성큼성큼 걸어왔다.

"너희 눈에도 저 괴물이 보여?"

"보이지. 커다란 박쥐잖아."

"박쥐라니! 눈 빠지고 코피 터진 처녀 귀신이잖아."

"그냥 시커먼 그림자가 날아다니는 거 아님?"

나는 졸음에 이끌려 이곳에 들어 온 아이들의 눈에 제각각 다른 것이 보인다는 걸 깨달았다. 그나마 내 눈에는 순두부 괴물이 보여서 다행이었다. 나는 순두부의 식감을 소름 끼치게 싫어한다. 그래도 눈 빠진 처녀 귀신이나 거대한 박쥐보다는 덜 무서울 것 같았다.

그때 어디선가 "슈욱" 소리를 내며 무언가가 날아왔다. 고개를 돌려 보니 거대한 운석이 나를 향해 날아와 이마를 가격했다.

"저건, 바로 용이의 쪽지다!"

나는 눈을 뜨고 발밑에 떨어지는 쪽지를 주워 들었다.

- 방과 후 교문 앞에서.

고개를 돌려 보니 용이가 꽤나 진지한 눈으로 이쪽을 바라보고
있었다.

책보고

용이가 나와 함께 가자고 한 곳은 서울 잠실나루역과 가까운 서
울책보고였다. 용이는 서울책보고로 향하는 버스 안에서 놀라운
사실을 알려 주었다. 물론 내가 순두부 괴물 탓에 졸음에 시달리
지 않았다면 믿기 어려운 말이었다. 사실, 용이 말을 다 듣고도 그
말을 믿기는 어려웠다. 차라리 용이가 진짜 용이어서 열두 시가
넘어가면 용으로 변해 입으로 불을 뿜는다고 했다면 믿었을지도
몰랐다. 나는 알고 있다. 용이는 화가 나면 진짜 입에서 불을 뿜는
것처럼 보였다.

하여간에.

용이 아버지 구탁 씨는 서울책보고에서 졸음을 부르는 괴물을
세상에 내보냈다고 했다.

"근데 용이야, 너희 아버지 판타지 소설가잖아."

"그렇다고 우리 아빠가 평소에 헛소리를…… 하기는 하는데, 그
래도 네 말을 들으니까 이건 믿어야 한다고 생각했어."

"그 졸음을 불러오는 괴물의 이름이 진짜 그거냐?"

"맞아, 졸귀."

"그렇게 귀여운 이름일 필요가 있나?"

내게 나타난 괴물은 하나도 귀엽지 않은 놈인데.

하여간에.

서울책보고에서 만난 구탁 씨는 귀여운 외모는 아니었다. 그렇다고 백발의 머리와 흰 수염을 기른 도인 같은 풍모도 아니었다. 뭔가 일제강점기의 신사가 떠오르는 포마드 헤어에 동그란 안경을 쓰고 있었다.

"이곳은 서울에서 가장 큰 헌책방이지. 나는 소설의 영감을 얻기 위해 종종 이곳에 들른단다."

"그러니까 이 안에서 그 졸귀란 놈이 나왔다고요?"

나는 서울책보고 안을 빙 둘러보았다. 서울책보고의 천장은 거대한 지렁이의 몸통처럼 둥근 환이 이어져 있었다. 그 환을 중심으로 양쪽에 서가가 있었고 수많은 헌책들이 빼곡하게 차 있었다. 가끔 서울책보고에 오면 거대 지렁이의 소화 기관에 들어온 것 같은 기분도 들었다.

그랬다, 구탁 씨만 여기 오는 게 아니었다. 서울책보고에서 우리 집은 그렇게 멀지 않았다. 나도 방과 후나 주말쯤 시간이 날

때, 서울책보고에 찾아 와 헌책을 뒤적거렸다.

구탁 씨는 뒷짐을 지고서 서가 더 깊숙한 안쪽으로 들어갔다.

"이쪽에 있는 서가들은 대학의 노교수들이 서울책보고에 기증한 책들이란다. 이 책들은 돈을 주고도 살 수 없고, 서울책보고 안에서 열람만 가능하지. 그런데 여기 민속학의 대가 민속한 교수의 기증 서가에서 놀라운 책을 발견했다. 무협지 소설가들 사이에서 전설처럼 내려오는 그런 책이 서울책보고 안에 있었던 거야!"

구탁 씨는 낮은 책장들이 늘어선 기증도서 서가 사이를 걸어갔다. 나와 용이가 그 뒤를 따랐다.

"작가님, 그게 어떤 책인데요?"

"선비들 사이에서 비밀스럽게 이어 온 비법이 적힌 책이란다."

"뭐죠? 과거 시험 족집게 비법, 뭐 이런 건가요?"

나는 시큰둥한 표정으로 구탁 씨를 바라보았다. 하지만 구탁 씨는 굴하지 않고 설명했다.

"아니, 그런 비법이 아니라 도술이지. 그 책 안에 바로 너를 잠들게 한 그 졸귀가 갇혀 있었다."

나는 고개를 돌려 내 옆에 있는 용이를 바라보았다.

'너희 아버지, 왜 이러시냐?'

하지만 용이는 내 눈빛에 담긴 의미를 읽지 못하는 듯했다.

"아빠, 그 졸귀가 잠을 불러와서 졸귀는 아닌 거죠?"

"그래, 내가 지난번에 말했잖니. 가장 하찮은 병졸, 그 병졸을 뜻하는 졸귀란다. 힘이 없고 형태도 없어서 현실에선 인간을 괴롭히지도 못하고 겨우 꿈속으로 스며 들어가 졸음과 악몽으로 괴롭히는 하찮은 놈이지. 그 꿈에서 인간의 정수를 빨아 먹는 기생충처럼 살아간단다."

구탁 씨는 한 서가 앞에 멈추었다. 거기서 검붉은색 표지의 작은 소책자를 꺼냈다. 책에서 큼큼한 냄새가 났다.

"이 책의 이름은 육포책. 이 책은 종이로 만든 것이 아니야. 괴물이나 귀신을 천도하는 스님들의 살가죽을 얇게 포를 떠, 스님들의 핏물을 적셔 만들었단 소문이 도는 책이지."

구탁 씨가 내게 육포책을 건넸다. 헌책 냄새에 피 냄새까지 섞여 구역질이 났다.

"우웩!"

육포책

육포책. 선비들이 공부하다 야식으로 출출할 때 구워 먹으라고 말린 소고기를 얇게 저며 만든 책이 아니다. 귀신을 다루는 스님이 숨을 거둔 후에 그 살점을 말려 얇게 포를 뜨고 피를 적셔 만든다는 소문이 있는 기괴한 책이었다. 그 안에는 수많은 주문과 비법들이 적혀 있다고 했다. 육포책에 적힌 그 주문과 비법이 힘을 발휘하려면 스님의 피와 가죽이 필요하다는 것이었다.

"그럼 이게 사람 가죽이라는 건가요?"

내 표정을 보고 구탁 씨가 고개를 끄덕였다.

"소문은 그래. 하지만 그냥 무시무시한 책이라 그런 소문이 돈 거지. 실은 그냥 닭 피를 섞은 붉은 물감으로 물들인 종이로 만들었다는 게 정설이지."

"뭐예요, 그럼 시시하잖아요."

용이가 김빠진 듯 말했다.

"나도 그렇게 생각했는데, 그게 아니었던 거다. 육포책의 마지막 장을 펼쳐 보려무나."

나는 마른침을 꼴깍 삼키고, 페이지를 넘겨 보았다.

"그냥 비어 있잖아요. 그 시절에도 메모장이 있었나요?"

내 말에 구탁 씨가 "허" 하고 한숨을 내쉬었다.

"이게 바로 문제였어. 이 장에 졸귀를 가둬 놓았는데, 내가 그걸 내보냈지 뭐냐."

"판타지 소설가가 그런 능력까지 있어요? 알고 보니 마법사셨어요?"

구탁 씨가 텅 빈 페이지를 쓰다듬었다.

"그저 오래된 한자를 시조처럼 읊었을 따름인데. 그 졸귀가 사라졌지. 육포책을 펼쳐 놓고 주문을 외는 순간, 그것은 현실로 이뤄진단다. 내가 실수로 그만 졸귀를 세상에 풀어 놓는 주문을 읊은 거지."

구탁 씨는 이 페이지에 먹물을 떨어뜨린 것 같은 검은 얼룩 한 점과 한자로 된 주문이 적혀 있었다고 했다. 구탁 씨는 아무 생각 없이 그것을 소리 내어 읽었다. 그러자 이내 글자들은 물론 얼룩까지 희미해지더니 사라지고 말았다는 것이다.

"그 순간에 난 깨달았지. 여기 갇혀 있던 졸귀가 세상으로 퍼졌다는걸."

"아빠, 그런데 이상하잖아. 졸귀가 있든 없든 그게 왜 정우한테 들러붙어?"

하지만 나는 이해가 가는 부분이 있었다. 결국 사실대로 고백하기로 마음먹었다.

"제가 사실 여기, 서울책보고를 자주 오거든요. 아마 그래서 풀려난 졸귀가 따라왔는지도 모르죠."

내가 꿈에서 본 다른 학교 아이들 역시 어쩌면 이곳에 자주 오는 방문객일지도 몰랐다. 잘은 모르지만 졸귀는 하나가 아니라 좀비 떼처럼 여럿인지도 몰랐다. 그 말을 하자 구탁 씨는 거기까지는 확실히 알 수 없다고 했다.

"얼룩이란 그런 성질의 것 아니겠느냐? 사람과는 다르니까. 하나의 몸이 될 수도 있고, 여러 개의 몸이 될 수도 있어. 정우야, 다음 페이지를 넘겨 보거라."

다음 페이지는 졸귀가 갇혀 있던 페이지와 달리 한문 문장이 길게 이어져 있었다. 구탁 씨는 첫 글자 세 개를 내게 읽어 주었다.

"몽신체(夢身體)."

"저도 그 정도는 읽는다고요."

하지만 이내 고개를 갸웃거렸다.

"하지만 다음 문장은 너무 길어서 못 읽겠어요. 아이씨, 뭐 이렇게 길어. 잠깐만요, 제가 해 볼게요."

"잠깐, 아직 그 주문을 읽어서는 안 돼. 이걸 읽으면 너는 네 졸음 속으로 들어가는 몸, 몽신체가 되어 버릴 테니까!"

구탁 씨가 입가에 알듯 말듯한 묘한 미소를 지었다.

"그러니까 조금 있다가 읽으려무나. 네가 그 졸음에서 벗어나려면 어쨌든 몽신체가 되어야 하니까. 운이 좋으면 정우 너는 손쉽게 졸귀의 위협에서 벗어날 수 있을지 몰라."

몽신체

서울책보고 안에는 책도 읽고 커피도 마실 수 있는 카페 코너가 있다. 나는 지금 그 카페 테이블에 엎드려 있다. 그 옆에는 팔짱을 낀 구탁 씨 부녀가 앉아 있다. 누군가 내 잠을 깨우면 둘이 나서서 막아 준다는 것이었다.

내가 이곳에서 잠들어야 하는 이유가 있었다. 내 앞에는 육포책의 몽신체 비법 부분이 펼쳐져 있다. 책을 펼친 채 그 비법을 들릴락 말락 읊으면 된다는 것이었다. 나는 눈을 감은 채 몽신체를 부르는 주문을 작은 소리로 읊어댔다.

"가마니가 가마니 가마니가 가마니 가마니까 가마니 가마니까 가마리라 가마리로 가마니⋯⋯."

그나마 아주 작은 소리로 읊어도 된다고 해서 다행이었다. 하지만 이렇게 막상 엎드려서 잠을 청하려니 쉽지 않았다. 학교에서는 아무리 막으려고 애를 써도 그 졸귀라는 녀석이 찾아와 나를 졸음으로 이끌었건만.

"이거 아무리 읊어도 잠이 안 오는데요?"

나는 다시 고개를 들었다.

그런데 서울책보고 안이 어두워져 있었다. 조명이 꺼지고 곳곳에 호롱불이 일렁거렸다. 내 옆에 있던 구탁 씨도, 용이도 사라져 버렸다. 게다가 무언가 내 머리 위에 치렁치렁한 것이 움직이는 것을 느꼈다.

"으악!"

나는 손으로 그것을 마구 털어내며 달려갔다.

서울책보고 안쪽에 큰 거울이 하나 있었다. 그 거울 앞에 섰다. 내 머리 위에 뭔가가 올라타고 있던 게 아니었다. 정수리 가마에 서부터 자란 굵고 긴 시커먼 털이 머리에서 다리까지 뒤덮고 있었다. 나는 긴 털을 커튼처럼 젖히고 거울 안을 들여다보았다. 털이 숭숭 돋긴 했지만 나, 차정우의 얼굴이 보였다. 그런데 팔과 손에도 굵은 털이 자라나 있었다. 온몸에 그런 털이 자라나 있는 것 같았다.

"뭐야! 졸귀는 안 보이고 내가 괴물의 몸이 됐잖아."

그때 갑자기 서울책보고가 꿀렁거렸다. 그러더니 지진이 난 것처럼 책보고가 움직이기 시작했다. 책보고 안에 있는 책들이 우르르 쏟아지면서 주변이 빙빙 도는 것처럼 어지러웠다. 나는 자리에 주저앉아 머리를 감쌌다.

쿵쿵거리는 굉음이 가라앉았을 때, 나는 자리에서 일어났다. 이번에는 눈앞에 있는 서울책보고의 거울에 내가 보이지 않았다. 거울에 비친 건 내가 아니라 구탁 씨였다.

"너는 무사히 몽신체가 되었어."

"내가 몽신체가 됐다고요?"

나는 뭔가를 더 물어 보기 위해 거울 가까이 다가갔다.

그때 구탁 씨가 사라지고 이번에는 내가 나타났다.

내가 나를 보며 시원한 표정으로 웃고 있었다. 그러더니 내게
말했다.

"고맙다. 잘 가라."

"뭐야, 이거!"

나는 화들짝 놀라 눈을 떴다.

주위를 둘러보니 용이와 구탁 씨가 옆에 있었다. 구탁 씨는 서둘
러 육포책을 덮었다.

꿈이었다. 내가 가마니, 아니 몽신체가 된 꿈.

"됐다, 정우야. 몽신체를 네 꿈에 버리고 왔으니 이제 졸귀는 그
몽신체만 갉아 먹으며 꿈속에서 살 거야."

"진짜요? 진짜 그렇게 된다고요?"

"그렇지. 더 정확하게 말하면 너는 이제 잠만 잘 뿐, 꿈을 꾸지
않는 아이가 됐단다. 이 육포책에 다 적혀 있어요."

차정우

졸음과 졸귀에 대한 문제는 단번에 끝났다. 이후 나 차정우는 평범한 또래의 다른 애들처럼 지냈다. 대신, 나에게는 비밀이 하나 생겼다. 나는 이제 꿈을 꾸지 않는 사람이 되었다. 그래, 숙면도 이런 숙면이 없었다. 피곤해서 눈을 감았다 깨면 바로 다음 날 아침이었다.

처음에는 그 잠이 개운하다고 생각했다. 아하, 기분 최고! 오랜만에 맛보는 꿀잠의 맛이란 이런 거구나, 싶었다. 하지만 날이 갈수록 기분이 나빠지기 시작했다. 입맛도 떨어지고 소화도 되지 않았다. 잠은 잘 자는데, 컨디션이 좋지 않으니 공부가 잘될 리 없었다. 꿈을 꾸지 않는 현실에 기분이 나빠졌다. 옆구리도 결리고 가끔은 몸 어딘가에서 빈대 여러 마리가 숨어서 꿈틀거리는 것만 같았다. 꿈을 꾸지 않는 대신, 방귀만 자주 뀌는 것 같았다. 누군가 조금만 말을 기분 나쁘게 하거나 신경을 거슬리게 해도 화가 났다. 방귀는 자주 뀌는데 머릿속에 뭔가 가스가 찬 것처럼 답답했다.

내가 뭐 그렇게 고분고분한 성격은 아니었다. 그렇다고 이렇게 무턱대고 화를 내는 성격은 아니었는데. 그렇게 답답한 시간을 보내다 문득 그 이유를 깨달았다.

꿈을 안 꿔서 화가 나는 건 아니었다. 걱정이 됐다. 나, 아니 나의 몽신체가 말이다. 그 가마니를 뒤집어쓴 것 같은 털북숭이 녀석. 나는 꿈에서 딱 한 번 녀석과 마주쳤을 뿐이다. 꿈에서 깬 뒤 다시는 본 적이 없었다. 나는 몽신체란 놈이 나와 생판 다른 놈이라고 생각했다. 졸귀와 마찬가지로 그냥 꿈에 나오는 별것 아닌 이상한 괴물 말이다. 그런데 그게 아니었다.

남들이 보기에는 왜 그런 쓸데없는 걱정을 하나, 싶을 것이다. 그건 당신이 몽신체와 분리된 적이 없어서 그렇다. 나의 상실감은 날이 갈수록 심각해졌다. 초등학교 때 밥을 주던 길고양이가 사라진 후, 이런 상실감은 처음이었다.

결국 이런 내 모습을 용이는 알아차렸다. 어느 날 점심시간에 운동장에 앉아 휴대폰을 보다가 몽신체를 검색했다. 그런 단어는 아예 검색조차 되지 않았다. 그때 내 눈앞에 손바닥이 팔락팔락 움직였다.

"뭔데?"

"차정우, 너 이상한 거 알지?"

나는 고개를 끄덕였다.

"더 이상 졸귀는 찾아오지 않는다면서?"

나는 다시 고개를 끄덕였다.

용이가 심술궂은 표정으로 나를 바라보았다.

"말 안 해?"

내가 말을 하지 않자 관자놀이에 무언가가 턱 날아 왔다. 이번에는 쪽지가 아니라 작은 돌조각이었다.

"뭐냐? 이건 무슨 시비?"

"답답하게 말을 안 하니까 그렇지. 졸귀에 대해서도 말했으면서 왜 말을 못하는데."

나는 깊게 한숨을 내쉬고 용이를 바라보았다.

"나 아무래도 너희 아버지 다시 만나야 할 것 같아. 순두부 괴물, 아니 졸귀는 이제 없어. 그런데 내가 괴물이 된 거 같거든. 생각해 보니까 아무래도 몽신체를 다시 찾아와야겠어. 지금의 내 몸은 완벽한 몸이 아니란 생각이 자꾸 들어. 내 몸속 어딘가에 떠도는 나사가 하나 있었는데, 그걸 잃어버린 거 같다고."

용이가 나를 쳐다보았다.

"다시 또 악몽을 꾼다고 해도?"

나는 고개를 끄덕였다.

"꿈으로 끌려간다 해도. 어차피 그때나 지금이나 내 10대는 망친 것 같다. 잃어버린 몽신체에 대해 생각하느라 앞으로 주룩주룩 성적이 미끄러질 것 같다고. 그러니 일단 몽신체라도 찾아와

야겠어."

다음 날, 용이와 함께 서울책보고를 찾아갔다. 서울책보고는 기증 도서 목록인 육포책을 대출해 주지 않았다. 그런 이유로 구탁 씨는 서가에서 육포책을 뒤적이며 내용을 계속 연구했다.

"그러니까 몽신체를 다시 너와 합쳐 달라는 거냐?"

"맞아요, 그러니까 다시 서울책보고에서 육포책을 펼쳐 놓고 가마니까 가마니를 역순으로 외우면 되는 걸까요? 니마가, 까니마가, 이런 식으로? 집에서 해 봤는데 아무 소용없던데. 책이 옆에 없어서 그렇겠죠?"

구탁 씨가 찹찹 입맛을 다셨다.

"거참 이상한 녀석이군. 그냥 생각을 바꿔 보면 어떨까? 잠도 잘자, 꿈도 안 꿔, 내가 보기엔 고등학생에겐 더할 나위 없이 완벽한 컨디션 아니냐? 어차피 몽신체는 네 눈에 보이지도 않는 몸이잖니. 모든 걸 잊고 이제 다시 입시에 집중하는 거다."

나는 콧김을 씩씩대며 구탁 씨 앞에 다가갔다.

"누가 아저씨 머릿속에 있는 상상의 용을 빼앗아 간다고 상상해 보라고요."

구탁 씨는 한숨을 내쉬었다. 그리고 솔직히 고백했다. 육포책에 몽신체를 꿈에서 돌아오게 만드는 방법은 적혀 있지 않다는 것이다. 몽신체를 몸에서 분리하는 비법은 있지만, 돌아오게 하는 비법은 없다고.

"이제 차정우 인생에 몽신체는 영영 없는 거네요."

"어차피 너 말고 어떤 학생도 몽신체가 함께 있다는 걸 모르잖니. 너도 그 애들과 똑같아진 거야."

"그게 무슨 상관이에요? 전 몽신체를 알고 있어요. 그런데 몽신체가 더 이상 저에게 없잖아요. 그건 분명 제 몸의 일부라고요."

몽신체를 볼 수 없다고 생각하니 화가 치밀었다.

"어쩌면 제 생각에는 말이에요, 아빠. 정우가 몽신체를 이렇게 찾는 건 어떤 이유가 있는 거 아닐까요?"

구탁 씨와 내가 용이를 바라보았다.

"어쩌면 몽신체도 정우에게 되돌아가고 싶을지 모르잖아요. 어차피 차정우와 몽신체는 한 몸이니까. 그러니까 지금 몽신체가 돌아오기 위해 애쓰고 있을지도 모른다는 거죠."

가마니

가만히 생각해 본다. 나는 가마니다.

가마니까 가마니……. 가마니의 주문을 외운다고 해서 다시 차정우의 꿈 밖으로 나갈 수는 없었다.

대신 나는 가마니에 대해 생각은 많이 하게 됐다.

어쩌면 인간은 눈에 보이지 않는 가마니를 쓰고 살아 가는 거 아닐까?

인간은 원숭이와 비슷하게 생겼지만 눈에 보이지 않는 가마니를 쓰고 사는 거다. 가면 같은 가마니로 때론 사람들의 눈을 속인다. 가끔씩 자기 스스로를 속일 때도 있다. 선생님은 선생님의 가마니를 쓴다. 얼짱은 얼짱의 가마니, 나 차정우 역시 중학교 때는 모범생의 가마니를 썼다. 하지만 고등학교에 올라와 졸귀에 시달리면서 그 가마니는 의미가 없어졌다.

그런데 인간 세상에서는 그 가마니만 홀랑 벗겨서 볼 수는 없다. 인간의 몸 위에 덮어씌운 투명 가마니 같은 거니까.

설명이 어려운가? 우리 반 인플루언서 A양이 좋아하는 명품 구찌로 설명하기로 한다. 그러니까 구찌 가마니가 있다고 상상해 보자. 구찌 가마니는 구찌 신발도, 티셔츠도 아니다. 그렇다고 구찌 로고도 아니다. 그저 구찌의 눈에 보이지 않는 존재감 같은 거, 그게 가마니다.

그러니까 사람들은 현실에서 그 투명 가마니를 볼 수 없다. 하지만 꿈에서는 다른 것 같다. 꿈에서 인간은 투명 가마니를 쓰고 몽신체의 몸으로 움직인다. 현실에서는 내 힘이 거의 없지만, 꿈에서는 내 힘이 엄청 커진다. 그러니까 몽신체의 힘을 빌린 몸은 현실에서보다 더 자유롭게 움직인다. 날아다니고 뛰어다니고 키도 커지거나 작아지고, 세상에서 가장 멋진 주인공이 되기도 한다. 또 얼굴이 달라지거나 사람 아닌 다른 존재로 변하기도 한다.

그런데 그 조합에서 현실의 몸이 빠지고 투명 가마니와 꿈의 몸, 몽신체만 남는다면?

그게 바로 나다. 나는 처음에 꿈속에서도 내가 차정우와 똑같이 생겼다고 믿었다. 그런데 차정우와 함께가 아닌 나는 그저 온몸의 피부에 털이 덮인 괴상한 꼴이었다. 꼭 코털이 덕지덕지 묻은 코딱지처럼 버려진 기분. 왜 몽신체가 이 모양인지 물어볼 사람은 없다. 여기에서 나는 혼자였으니까.

"차정우, 나쁜 새끼! 네가 나를 버렸어. 나는 너의 코딱지가 아니라 함께 움직이는 몽신체인데. 몽신체가 있어서 너는 꿈에서 이런저런 희한한 일들을 겪을 수가 있는 건데."

차정우와 분리된 나, 몽신체는 책보고 구석에 웅크리고 앉아 있었다. 물론 이 책보고는 잠실나루역에 있는 책보고가 아닌 차정우의 꿈속에 있는 책보고다. 갑자기 책보고 천장에서 물이 똑똑 떨어졌다. 고개를 들어 보니 순두부 괴물의 얼굴이 보였다.

나는 콧김을 뿜으며 녀석에게 주먹질을 했다.

"어이, 너 이름이 졸귀라며. 나한테 덤벼 보지? 나도 너와 한판 붙어 볼 생각이니까! 네가 아니었으면 내가 이렇게 버려질 일도 없었을 테니까."

나는 양손으로 내 얼굴을 가린 가마니 털을 치웠다. 온몸이 털로 뒤덮였지만 눈코입은 차정우와 똑같았다. 그 모습을 보고 갑자기 순두부 괴물이 스윽 사라졌다.

"뭐냐? 너도 내 꼴이 흉해서 달아난 거냐?"

근데 놀라운 게 하나 있었다. 몽신체의 꼴로 꿈속에 있으니 순두부 괴물, 아니 졸귀가 그렇게 무섭다는 생각은 안 들었다.

"어이, 졸귀? 그렇게 나를 무서워할 필요 없어. 몽신체가 왜 이런 꼴인지는 모르겠는데, 어쨌든 나도 네가 괴롭히던 차정우라고."

졸귀는 답이 없었다.

졸귀마저 내 모습이 흉해서 나를 버린 것이냐?

"차정우, 나쁜 놈. 나를 여기다 버려? 내가 나가서 너와 한 몸이 되면 가만 안 둔다. 나는 매일 밤, 너를 악몽으로 끌고 올 거다."

나는 화가 나서 섀도복싱을 했다. 허공에 대고 여러 번 펀치를 날렸다. 이 주먹질이 차정우의 머리에 두통을 만들고 명치에 복통을 만들기를 바라면서.

읽던 책

호롱불이 켜진 어두침침한 책보고 안에서 새도복싱만 해 봤자, 의미가 없었다. 차정우의 꿈에서 빠져나가 차정우의 몸으로 돌아갈 방법을 찾아야만 했다. 우리가 한 몸이어야 완벽한 나였다. 나는 정수리부터 자란 긴 털을 휘날리며 빙빙빙 돌다 멈추었다.

"그래, 육포책이 있다!"

어쩌면 서울책보고 육포책이 아닌 차정우 꿈속 육포책에는 다른 비법이 적혀 있을지도 몰랐다. 차정우가 아닌 몽신체를 위한 비법. 이 꿈에서 나가 다시 내 몸으로 돌아갈 수 있는 비법.

그런데 내가 이곳에 온 뒤, 한바탕 난리가 났다. 그 후 서가의 모양이 다 바뀌어 있었다. 동그란 창문 형태의 서가들이 공중에 둥둥 떠다녔다.

"좋아, 몽신체니까 날아오를 수 있겠지."

나는 개구리처럼 웅크렸다가 재빨리 뛰어올라서 서가 하나를 붙잡았다. 내가 날아오르자 서가들은 놀라서 이리저리 움직였다. 그냥 떠 있는 게 아니라, 새들처럼 날아다니는 서가였다. 붙잡은 서가 안에 있는 책을 살펴보았다. 육포책은 없었다. 대신 희한하게 서울책보고에서 본 적 없던 교과서들이 꽂혀 있었다. 나는 다시 서가를 타고 움직이며 다른 서가들로 건너가 육포책을 찾기 위해 애썼다.

그러다 한 가지 깨달았다. 차정우 꿈속의 책보고에 있는 서가는 차정우가 읽은 책들로 이뤄져 있었다. 그것만이 아니었다. 차정우가 재밌게 본 영화나 웹툰들도 책으로 몸이 바뀌어 있었다. 그러니까 '세상에 없던 책'들이 차정우의 책보고 안에 들어와 있는 것이었다. 그중에는 정말 전혀 생각해 본 적 없던 책들도 있었다.

"이거 뭐야? 《정우♥용이》, 용이하고 중학교 때 사귀던 시절에 우리가 보낸 카톡 모음집이라고? 이딴 책이 왜 있는데?"

페이지를 몇 장 넘겨 보다 점점 손발이 오글거려서 다시 덮어 버렸다. 그러고는 육포책을 찾기 위해 허공에 뜬 서가들을 이리저리 건너뛰었다. 그러다 차정우의 20대와 30대, 40대의 모습까지 기록한 책자들이 꽂혀 있는 서가를 찾았다.

나는 호기심에 《차정우의 대학 시절》이란 책을 펼쳐 보았다. 만화책으로 만든 차정우의 대학 시절이었다. 서둘러 페이지를 넘겨 보았다.

"뭐야, 차정우. 그렇게 안달하더니 그래도 가고 싶은 대학 중 한 곳에 가는군. 그리고 결국 다시 용이와 만나는데, 이번에는 삼각관계네?"

차정우가 겪을 일을 미리 본다는 건 생각보다 흥미진진했다. 이러니저러니 미워도 차정우가 나고, 내가 차정우니까. 나는 그 책을 덮으려다 맨 뒤 페이지에 적힌 문구를 보았다.

*차정우가 주인공인 이 책은 매년 개정판으로 발간됩니다.

"뭐야, 그러니까 책의 내용이 계속 달라진다는 거야? 내 몸이 매년 자라고 생각이 달라지는 것처럼, 이 책의 내용도 계속 달라지는 건가? 내 미래가 담긴 책이 다 이런 건가?"

나는 30대의 내 인생이 담긴 책을 하나 더 꺼내 보았다. 그 책을 펼치고 책장 위에 잠시 손을 올려놓았다가 깜짝 놀랐다. 갑자기 무언가가 안에서 내 손을 훅 끌어당기는 게 느껴졌다. 차정우의 30대 인생 안으로 훅 빨려 들어갈 것만 같았다.

갑자기 책보고를 밝힌 호롱불들이 모두 꺼졌다. 나는 손에 쥔 책을 떨어뜨렸다. 어둠 속에서 책이 툭 떨어지는 소리가 들리지 않았다. 누군가 그 책을 손에 쥐었다는 의미였다. 다시 밝은 호롱불 하나가 켜졌다. 숨어 있던 졸귀가 내 미래가 담긴 없던 책을 들고 서 있었다. 새카만 그림자의 모양이었다. 책을 쥐지 않은 손의 검지 끝에는 호롱불이 켜져 있었다. 졸귀는 그 호롱불을 키우더니 차정우의 30대 인생이 담긴 없던 책을 불태워 버리고 말았다.

"어쩌나. 네 주인의 미래가 담긴 책을 태워 버렸으니."

"주인? 누가 주인이냐? 내가 차정우고 차정우가 난데. 그리고 내 인생이 담겨 있는 없던 책은 어차피 매년 개정판이 나오는 책이라고. 아마 나의 현재가 담긴 내년의 없던 책에는, 몽신체가 졸귀를 때려잡았다는 내용이 담겨 있을걸."

나는 공중에 있는 서가에서 뛰어내려 졸귀에게 다가갔다.

호롱불

나는 졸귀와 싸울 수 없었다. 졸귀는 호롱불을 든 그림자의 모습이었다. 벽을 타고 이리저리 달아나다 몇 개의 모습으로 흩어지기까지 했다. 나는 숨을 씩씩거리며 졸귀의 뒤를 쫓아다녔다. 몇 번 졸귀를 붙잡았지만 손에 잡히지 않았다. 졸귀는 그림자니까. 어찌 보면 몽신체보다 더 꿈같은 존재인지도 모르겠다.

"내 앞에 나타나서 당당하게 붙어 보자고!"

허공에 있는 서가를 타고 쫓아갔지만 졸귀는 재빠르게 달아났다.

나중에는 화가 나서 서가에 있는 책을 들어 내던지기까지 했다. 그 화가 졸귀에 대한 것인지, 나를 이곳에 버린 차정우 때문인지는 알 수 없었다.

"너도 버림받은 몽신체가 될걸."

뒤에서 비웃는 목소리가 들려왔다.

"그게 무슨 소리야?"

어느새 졸귀가 내 옆으로 다가와 있었다. 눈앞의 그림자, 졸귀는 호롱불 때문인지 거인처럼 거대했다. 졸귀는 일렁이는 불꽃처럼 온몸을 흐느적거렸다. 그걸 보면 졸음이 올 것도 같았는데, 내가 몽신체라서인지 잠은 오지 않았다.

"육포책에 왜 몽신체 만드는 법이 적혀 있는 줄 알아?"

"그걸 내가 어떻게 알아?"

"졸귀와 몽신체는 선비를 방해하는 두 가지 악이거든. 나는 선비들을 졸음으로 이끌고, 너는 선비의 머릿속을 잡생각의 꽃밭으로 만드는 존재니까."

거대한 그림자 졸귀가 나를 덮쳐 오기 시작했다.

'그런가? 그렇다면 정우는 나를 버리고 몽신체 없이 살아 가는 걸 진정 기쁘다고 생각하는 걸까?'

"하지만 내겐 둘 다 똑같은 몸이니까. 너를 이곳에 가둬 두고 조금씩 갉아 먹으면서 지내야겠군."

그림자의 입에서 침이 뚝뚝 떨어졌다.

졸귀의 침은 촛농처럼 뜨거웠다. 내 살점이 녹아내리자 졸귀는 새카만 혀를 내밀어 그것을 핥아먹었다. 꿈이어서 그런지 그 느낌이 그리 고통스럽지는 않았다. 하지만 두려웠다. 내 몸이 나의 꿈속에서조차 사라질지 모른다는 생각에. 조금씩 뒷걸음질 치자 졸귀가 말했다.

"아하, 내가 생각을 잘못했어. 발목부터 녹여야겠군. 움직일 수 없게."

졸귀가 성큼성큼 다가왔다.

나는 눈을 가늘게 뜨고 그림자를 바라보았다. 내 몸의 비밀은 안다. 가만히 바라보니 졸귀가 어떤 몸에서 시작됐는지도 알 것 같았다.

"너는 호롱불의 정령이구나!"

졸귀는 아무 대답도 하지 않았다.

그 순간 나는 깨달았다. 그래, 몽신체의 머리가 꽃밭이라면 꿈속에서 모든 걸 다할 수 있는 몸이었다. 나는 깊게 숨을 들이마셨다. 그리고 입에 바람을 모아 불어 냈다. 졸귀의 커다란 그림자 몸이 여기저기로 흩어졌다.

나는 그 그림자 중에 금빛으로 반짝이는 불꽃 하나를 찾아내서, 서가를 타고 서둘러 그곳으로 달려가 불꽃을 삼켜 버렸다. 입안에서 불꽃이 소란스레 야단법석을 떨었지만, 꿈속의 몽신체는 웬만 해선 고통을 느끼지 않는 몸이었다. 어느새 입안에서 불꽃이 사라지고 딱딱한 심지 같은 것이 남은 게 느껴졌다. 나는 그것을 밖으로 "퉤" 뱉어 버렸다. 호롱불의 정령이 사라지자 찢어진 그림자들은 검은 돌처럼 굳어 책보고의 허공 곳곳을 맥없이 떠돌았다.

몸과 몸

그렇게 졸귀는 사라졌다. 남은 것은 돌처럼 굳은 그림자 조각들이었다. 돌아갈 방법 역시 찾지 못했다. 허공을 뛰어다니며 서가 곳곳을 뒤졌지만, 몽신체를 위한 육포책은 없었다. 허공을 떠도는 서가의 책은 매일 교체되는지 있던 책이 사라지고 또 없던 책으로 채워졌다.

이대로 포기해야 하나?

사실, 포기하는 것보다 영영 혼자인 게 더 두려웠다. 두려운 마음이 들면 허공에 떠도는 검은 돌들에게 괜한 화풀이를 했다. 검은 돌은 수십 개였는데, 내가 다가가면 이리저리 달아나곤 했다. 하지만 검은 돌은 그저 아무 목소리도 없는 돌일 뿐이었다. 나중에는 내가 쫓아다니는 건지, 검은 돌들이 나를 데리고 노는 건지 알 수 없을 지경이었다. 그저 할 일 없고 버려진 존재끼리 이러니 저러니 시간을 채우고 있는 것만 같았다.

그러던 어느 날, 검은 돌 중 하나가 뜬금없이 나를 공격했다. 내 이마를 툭 치고 달아나는 것이었다. 이 녀석은 뭔가 싶어 그 뒤를 쫓아갔다. 순간 녀석이 어느 서가 위에 멈춰서 위아래로 움직였다.

검은 돌은 말을 하지 못했지만 위아래로 움직이며 몸으로 내게 말을 건네는 것 같았다. 거기, 그 서가에 내가 찾는 것이 있다고. 그동안 같이 놀아 줘서 주는 선물이라고.

나는 서둘러 검은 돌이 가리키는 서가로 점프했다. 서가 안에 육포책은 없었다. 하지만 한 번도 보지 못한 책의 제목이 있었다. 그 책의 제목은 《몽신체》였다.

"흠, 제목이 《졸귀》가 아니라 《몽신체》라 다행이다."

책장을 펼쳐 몇 줄을 읽었다. 그 안에 몽신체를 잃어버린 뒤 다시 찾으려고 징징거리는 나, 차정우의 현재가 있었다.

"그래, 차정우가 그래도 의리는 있는 놈이네. 혹시 이 책 안으로 들어가면 차정우와 만날 수 있지 않을까?"

가만히 차정우의 현재를 담은 책에 손을 올려놓았다. 책의 페이지가 열리더니 깊숙한 곳에서 거대한 돌덩이가 날아왔다. 그 돌이 뭔지 이미 알고 있어서 씨익, 미소가 지어졌다. 이제 꿈속의 몽신체가 다시 현실의 내 몸을 만날 터였다.

"쿵."

은행나무 가로수에 이마를 쩧었다. 용이가 서둘러 내 옆으로 다가왔다. 하교 후에 집으로 돌아가는 길이었다.

"못 들은 척한 게 아니네?"

"내가? 뭘?"

"교문 나와서부터 계속 불렀거든."

이마를 손으로 문질렀다. 그랬다. 학교가 끝난 후 교문을 빠져나오면서 과연 어떻게 몽신체를 되찾을지 생각하고 있었다. 생각에 잠겨 있는데, 어느새 나는 책보고 안에서 호롱불의 그림자 같은 졸귀와 싸우고 있었다. 그런 꿈을 잠깐 꾼 것 같았다.

"나, 계속 걷고 있었어?"

용이를 쳐다보며 물었다.

"지금 숨찬 거 안 보여? 너는 무슨 좀비처럼 비틀비틀 막 뛰어가더라."

"어, 꿈을 안 꾸는 게 아니라 이제는 그냥 걸으면서 막 꿈을 꾸고 그러나 보다."

몽신체가 없다 보니 얼이 빠져나가는구나, 싶었다. 몽신체가 없으면 사람이 아니라 좀비가 되는구나 싶어 오싹해졌다.

그러다 문득 그 꿈의 마지막이 떠올랐다. 꿈속에서 몽신체는 무슨 책 한 권을 찾았다. 그게 무슨 책인지는 모르겠는데, 어쨌든 통로가 된 것 같았다. 그리고 돌이 하나 날아 왔는데…….

그때 발밑에 떨어져 있는 종이 뭉치가 눈에 들어왔다. 그걸 집어 들자 용이가 말했다.

"그거 맞고도 계속 걸어가더니 결국 은행나무에 부딪혔잖아."

나는 고개를 끄덕였다.

"뭘 그렇게 아련한 표정을 짓고 있어?"

"용이야, 돌아왔어. 돌아온 거 같아."

"뭐가?"

"몽신체."

"그래? 그게 느껴져? 설명 좀 해 봐."

"아니, 그건 용이 너는 설명해도 모를걸. 몽신체를 한 번 본 사람만이 아는 그런 느낌 같은 느낌이랄까."

그날 밤에 나는 거울 앞에 섰다.

내 몸은 어제와 똑같았다. 하지만 이상하게 어제와는 달라 보였다. 몽신체가 다시 돌아와서일까? 내 몸 위에 눈에 보이지 않는 그림자 같은 몸이 하나 더 있는 것 같았다.

그날 밤 꿈에 나는 다시 책보고로 들어와 있었다. 나에게로 곧바로 검은 돌이 날아 왔고, 나는 그걸 손으로 잡으려고 했다. 검은 돌은 재빠르게 달아나서는 내 머리 위에서 빙빙 돌았다.

"너, 내가 누군지 알아보는구나?"

그때 내 얼굴과 손이 다시 시커먼 털로 덮이기 시작했다. 나는 꿈속의 책보고 거울 앞으로 다가갔다. 그리고 길게 자란 털을 두 손으로 걷어 내고 나를 바라보았다. 나인 동시에 몽신체인 내가 보였다. 둘 다 나였다.

세상의 비밀 하나를 알게 된 기분이었다. 눈에 보이는 몸이 전부가 아니다. 내 몸과 꿈에서만 보이는 몽신체라는 몸이 함께 있어. 나란 존재는 몸과 몸이 함께 자라나는 것이다. 나는 머릿속으로 몸이라는 글자를 떠올렸다.

"정말 몸이라는 글자는 몸을 닮았네. 그럼 꿈속의 몸은, 몸에서 몽으로 변한 건가?"

알로그루밍

김경희

1.

"나랑 같이 갈래?"

삼색 고양이가 뒤돌아보며 말했다. 그 애의 친구들도 걸음을 멈추고 슬쩍 돌아보았다.

'인간 주제에 감히 우리를 따라오겠다고?'

그들은 못마땅한 표정을 지었지만, 개중 몇몇은 호의적인 눈빛을 보여 주었다.

"아니, 고맙지만 난 안 갈래."

그렇게 대답하자, 그 애는 의외라는 표정으로 빤히 쳐다보았다.

나를 혼자 두고 가는 것이 은근히 마음 쓰이는 눈치였다. 삼색 고양이의 눈빛은 섬세하고 다정했다.

"그래, 그렇게 해."

무심한 표정을 한 그 애가 소리 없이 긴 꼬리를 올려 세운다. 그 애의 친구들도 약속이나 한 것처럼 일제히 꼬리를 들어 올렸다. 그러고는 발가락을 꼿꼿이 세우고 쿨하게 등을 돌렸다. 요염하고 당당하게 걸어가던 고양이 무리가 어느 순간 걸음을 멈춘다. 그러나 고양이 사전에 뒤를 돌아보는 법이란 없다. 고양이답다.

나는 혼자 남겨지는 것이 쓸쓸해지는 한편, 다행이라는 생각이 들었다. 그 애랑 소통한다는 것이 친구들에게 알려지면 진땀을 빼야 하는 상황이 생길 수도 있으니까. 잠시 후, 칠흑 같은 어둠 속에서 그 애의 울음소리가 들렸다. 그러자 가슴이 두근거리면서 숨쉬기가 힘들어졌다. 애를 쓰는데도 감긴 눈이 도무지 떠지지 않았다.

"애 왜 이래? 민지, 김민지!"

누군가 나를 부르며 몸을 강하게 흔들었다.

"누가 사람 좀 불러 봐! 애 좀 이상한데?"

"쌤! 민지 기절한 것 같아요!"

"민지! 정신 차려. 김민지!"

누군가 나를 애타게 불렀다. 그런데도 몸이 전혀 움직여지지 않는다. 사람들의 웅성거림이 커지면서 그 애의 울음소리도 서서히 희미해졌다.

어쩌면 우린 다신 못 만나겠지?

그런 생각을 하다가 나는 완전히 정신을 잃었다. 가을이 끝나고, 서늘한 바람이 불어오는 그런 날이었다.

2.

여긴 어딜까?

천천히 눈을 떴다.

"정신이 좀 드니?"

누군가의 목소리가 들렸다. 어떤 말이 목구멍으로 올라오다가 나오지 못하고 사라졌다. 게다가 극심한 두통. 머리가 땅하고 시야까지 흐릿해지면서 '천장이 빙빙 돈다'는 말의 의미를 실감했다.

"얘, 괜찮을까요?"

"몸이 허해서 그렇죠. 다이어트 후유증이에요."

정신을 차렸을 때, 의무실 선생님의 목소리가 들렸다. 고개를 돌리자 심각한 표정의 담임 얼굴이 유리창에 비쳤고, 그 옆에 삐

딱하게 서 있는 아이, 혜린이 보였다. 갑자기 멀미가 날 것처럼 속이 메슥거렸다. 그 와중에 배에서는 연신 꼬르륵 소리가 났다. 나는 누가 들을세라 아랫배에 힘을 꾹 주었다.

"쌤, 민지 말이에요. 이번 다이어트도 망하면 살고 싶지 않댔어요."

"니들 대체 얼마나 굶은 거니?"

"전 아니에요, 쌤! 민지도 지난주까진 급식 먹었어요."

"하아……. 너희 둘 다 부모님 오셔야겠다."

"아, 쌤!!!"

"안 자는 거 다 안다. 민지는 어쩔 거야?"

"……."

"안 되겠네. 엄마 오시라는 수밖에."

"쌤……. 저 진짜 이런 몸으로 살기 싫어요."

"어라? 이런 몸?"

"네. 이런 몸으로 사는 건…… 고양이만도 못한 삶이에요."

거기서 고양이라는 말이 왜 튀어나왔을까? 혜린은 터져 나오는 웃음을 참느라 입을 틀어막았고, 담임은 골치가 아픈지 손으로 이마를 짚었다.

"한 시간 후에 교실로 돌려보낼게요. 요즘 이런 애들이 한둘이 아니라서……."

　의무실 선생님은 별일 아니라는 듯 기계적으로 말했다. 담임을 따라가던 혜린이 슬쩍 나를 돌아본다. 그러더니 불쑥 고양이 흉내를 냈다. 착각일 수도 있지만, 혜린이 나를 만만히 여긴다는 생각이 든다. 고양이 문제도 그중 하나다. 모든 걸 공유하는 사이는 좋은 관계일까, 나쁜 관계일까? 솔직히 아직은 잘 모르겠다.

　몇 달 전, 혜린과 나는 삼색 고양이 한 마리와 마주쳤다. 하굣길에 종종 들리는 아파트 단지의 공터에서였다. 그곳은 학원 시간이 비거나 할 때 종종 유튜브 쇼츠를 보며 시간을 때우는, 말하자면 우리의 아지트 같은 장소였다. 그 애를 발견하고 먼저 소리친 것은 혜린이었다.

　"앗, 삼색이다!"

　"쉿! 놀라서 도망가겠어!"

　나는 삼색 고양이가 달아나 버릴까 봐 좀 불안해졌다. 사실 그 애와는 처음 만난 사이가 아니다. 안면을 튼 건 3개월, 자주 마주친 건 두어 달쯤 되었는데 요즘 잘 보이지 않아 내심 걱정하던 중이었다. 그 애는 특별할 것 없는 흔한 길고양이였다. 귀여워 미칠 것 같은 외모도 아니었고 검은색, 흰색, 노란색 털이 섞여 '삼색'이라 불리는 그저 평범한 고양이에 불과했다. 그런데 처음 본 순간

이상하게도 마음이 끌렸다. 어느 순간에는 그 애도 나에게 슬쩍 관심을 주었다. 사람을 피할 만도 한데 종종 가까이 다가와 애교를 부리곤 했다.

한번은 관심 없는 척 슬쩍 다가오더니 나를 똑바로 쳐다보는 게 아닌가? 눈이 마주쳤을 때, 나는 눈을 천천히 감았다 떴다를 반복했다. 그 애도 똑같이 눈을 깜박였다. 뭔가 통한다는 묘한 느낌이 들었다.

"쟤, 암컷이다? 삼색이는 99퍼센트가 암컷이거든."

무슨 대단한 비밀이라도 되는 양 혜린이 내 귀에 작게 속삭였다.

"왜 저렇게 식빵을 굽는 건지 알아?"

"그야 뭐, 졸려서겠지."

나는 심드렁하게 대답했다. 고양이들이 종종 취하는 저 자세를 두고 '식빵 굽는다'고 표현하는 것 정도는 알고 있다. 혜린은 늘 아는 척 하고 싶어 안달이다.

"아니거든. 버림받아서야."

"버려진 애라고?"

"응. 버림받은 장소에서 엄마를 기다리는 거지. 나, 쟤네 엄마도 안다? 코에 난 점 위치까지 똑같거든."

그 애를 보면서 나도 모르게 코를 매만졌다. 울컥한 건 아닌데,

조금 슬픈 기분이 들어서다.

"오! 공감 능력 오지는데? 그러다 울겠다?"

혜린이 과장된 표정으로 엄지손가락을 치켜 올렸다. 그러더니 참을 수 없다는 듯 킥킥대다가 아예 공원 바닥에 드러누워 배를 잡고 웃었다. 저럴 때의 혜린은 꼭 고양잇과 동물을 닮았다.

"하아……. 졸라 웃었더니 배고프다. 떡볶이 콜?"

"놉. 거긴 소스가 너무 달아. 여기서 살 더 찌면 진짜……."

"진짜 뭐?"

"하아……. 죽어야지 모."

"그럼 나 먹는 거 구경만 해. 그것도 안 돼?"

혜린은 아예 양손을 모아 비는 시늉까지 했다. 이 아이의 부탁은 어쩐지 거절하기가 힘들다. 학기 초에 우연히 친해진 혜린은 어느 날 아파트 공터에서 이런 고백을 했다.

"넌 날 거절하지 않았으면 좋겠어. 나 말이야……, 사실 거절에 대한 트라우마가 있거든."

그날의 고백 이후로 혜린의 부탁은 웬만하면 들어 주려고 노력했다. 그런 사이가 좋은 관계인지 아닌지 확신은 없지만. 어느새 좀 더 가까이 다가온 삼색 고양이는 우리를 전혀 신경 쓰지 않고 자기 할 일을 했다. 발라당 누워 있다가도 벌떡 일어나 스트레칭을 하거나 앞발을 꼿꼿이 세우고 그루밍을 했다. 혜린이 장난스럽게 그 애의 동작을 따라 하며 말했다.

"저거 무슨 뜻인지 알아? 상대의 얼굴에다 할 땐 좋아하고 신뢰한다는 뜻이래."

"오! 보디랭귀지 같은 거야?"

"그치. 너도 한 번 따라 해 봐?"

"윽. 난 절대 안 돼. 아빠 닮아서 몸이 뻣뻣하거든."

실제로 나는 몸이 좀 둔한 편이다. 단언컨대 몸으로 하는 건 죄다 자신이 없으니까. 내 몸을 증오하는 것까지는 아니지만 어쩐지 사랑하기는 힘들다. 물론 이런 몸으로 낳아 준 엄마 아빠를 탓하자는 건 아니다. '콩 심은 데 콩 나고, 팥 심은 데 팥 나는' 건 만고의 진리니까. 그러나 유전이라는 사정을 감안한다 해도 거울을 볼때 종종 불쾌한 느낌에 사로잡히곤 한다. 솔직히 말해서 이번 생은 완전히 망했다고 생각하니까. 그래서 유독 매끈한 몸매에 요염하고 당당한 고양이에게 매력을 느끼는 걸까? 그 애를 보면서 혜린이 고양이처럼 능청스럽게 말했다.

"야! 너희 집으로 삼색이 데려가면 안 돼?"

"노노! 엄마가 날 죽이려고 할지도 몰라."

"야, 설마 딸을 죽이기야 하시겠냐?"

물론 딸을 죽이시진 않겠지. 그렇지만 길고양이를 데려가는 건 상상도 할 수 없는 일이다. 게다가 아빠와 엄마는 일주일째 집에서 말을 섞지 않고 있다. 엄마에게는 상관없다고 말했지만 솔직히 무척 신경이 쓰였다. 두 사람이 다투는 모습을 떠올리자, 가슴이 답답해졌다.

"떡볶이 먹을 거야, 말 거야? 너, 거절하기 없기다?"

혜린은 직설적으로 말했다.

설탕 범벅인 그걸 먹을 생각은 전혀 없었지만 일단 고개를 끄덕였다. 혜린이 먹는 동안 휴대폰으로 게임을 하거나 고양이 영상이나 보며 식욕을 참으면 그만이니까. 실제로 사료 먹는 고양이 영상을 볼 때면 거짓말처럼 배고픔이 사라지곤 했다.

한번은 혜린이 짓궂은 표정을 하고 물었다.

"너, 그러다 밥 대신 사료 먹게 되는 거 아냐?"

"야! 미친!"

나는 그 말이 농담치고는 심하다는 생각을 했다. 그렇지만 그 정도 일로 혜린과 얼굴을 붉히고 싶지는 않았다. 자기도 멋쩍었는지 혜린이 다가와 팔짱을 끼며 말했다.

"오늘은 톡방 들어올 거지?"

3.

"카톡", "카톡", "카톡".

단톡방 알림이 쉴 새 없이 울려 댔다.

> 오늘 저녁 식단 성공적.

혜린이 닭 가슴살 샐러드와 단백질 셰이크가 놓인 식탁 사진을 공유했다. 사진 아래로 '좋아요'를 의미하는 이모티콘과 하트가 연달아 달렸다.

> 오늘 다이어트 폭망. ㅠㅠ

마라탕이 담긴 플라스틱 용기와 셀카 한 장이 톡방에 올라왔다. 벌건 국물 탓에 유라는 입술까지 통통 부어 보였다. 이 방은 식단에 따라 찬사와 비난이 교차된다. 멤버들은 일제히 비난의 이모티콘을 투척했다. 식단 공유방. 같은 영어 학원에 다니는 네 명을 멤버로 하는 이 톡방은 학기 초에 혜린이 만든 방이다. 나는 이 방을 그다지 신뢰하지 않는다. 정작 내밀한 이야기는 개인 톡이나 다른 메신저로 소통하는 걸 다들 알고 있으므로.

솔직히 단톡방은 좀 위험한 면이 있다. 여론몰이에 이용되기도 하고, 실수로 보낸 톡이 공유되어 문제를 일으킨 경우도 여러 번이다. 열다섯 살쯤 되고 보니 이런 일은 놀라운 일도 아니다. 한번은 거짓 식단을 올린 멤버 한 명이 톡방에서 추방된 사건이 있었다. 그 소문은 순식간에 퍼졌고 방장인 혜린에게 울며 매달리는 그 애의 사진이 다른 톡방으로 유출되고 말았다. 물론 나를 포함한 멤버들은 유출에 대해 강력히 부인했다. 결국 전학을 간 건 그 애였다.

> 힝. ㅠㅠ 불쌍해!

> 뭐가 불쌍해. 걔는 원래 혜린이 호구였어. 그러니까 씨발,
> 왜 거짓말을 하냐고!

> 왜는. 거짓말 존나 잘하게 생겼잖아.

> 미친. ㅋㅋ 그렇게 생긴 게 어디 있냐?

톡방에 떠도는 말들은 꽤 잔인할 때가 있다. 그렇지만 이 방을 나가 다른 방에 속한다 해도 상황은 다 거기서 거기다. 게다가 나약한 우리가 식욕을 참는 데 이 방은 확실히 도움이 된다. 어른들 세계도 비슷하지 않나? 인생이란 건 원래 기브 앤 테이크, 다 그런 거니까.

나는 톡방에서 빠져나와 욕실로 향했다. 그리고 조용히 문을 잠갔다. 토하고 싶지는 않았는데, 저녁에 먹은 밥이 아무래도 마음에 걸렸기 때문이다. 이런저런 이유로 집에서는 금식이 힘들다. 아무래도 엄마의 눈치가 심하게 보인다. 게다가 오늘 메뉴는 내가 좋아하는 부대찌개였다. 햄과 치즈가 잔뜩 들어간 이 음식은 어떻게 그렇게 맛있는지 정말 미스터리하다. 차라리 식욕이란 게 없다면 얼마나 좋을까? 나는 한숨을 한 번 내쉬고 이내 변기를 부여잡았다. 먹은 것을 토해 보려고 애를 썼다. 그러나 의지와 달리 소화력이 무진장 뛰어난 내 위장은 아무것도 올려 보내 주지 않았다. 역시나 오늘도 폭망이다. 톡방 멤버들의 비난을 받을 생각을 하니 갑자기 골치가 아파졌다.

방으로 돌아와 전신 거울 앞에 섰다. 다이어트에 돌입한 지 꼭 일주일이 지나는 시점이었다. 거울을 뚫어지게 바라본다. 속옷만 걸친 내 몸은 어쩐지 야생적으로 보였다. 단 한 군데도 맘에 드는

구석이 없는 나의 몸!

그때 어디선가 코웃음 치는 소리가 들려왔다.

"내 그럴 줄 알았다니까!"

고개를 좌우로 돌려 주변을 본다. 이제 하다 하다 환청까지 들리나? 정말이지 난감한 열다섯 살 인생이다. 눈을 질끈 감고 체중계에 올라섰다. 쿵! 계기판의 숫자를 확인한 순간, 발끝으로 눈물 한 방울이 뚝 떨어져 내렸다. 말할 수 없이 억울한 기분이 들어서……. 침대 위에 몸을 던지고는 이불을 머리끝까지 끌어올렸다.

"뭐가 그렇게 억울해?"

삼색 고양이의 목소리는 명쾌하면서도 날카로웠다.

"뭐야, 너? 어디에 숨어서 날 지켜보는 거야?"

주변은 고요하고 적막했다. 나는 이불을 뒤집어쓴 채로 악악거리며 소리를 질렀다. 그러자 뱃속 깊은 곳에서 연달아 꼬르륵 소리가 났다.

미적으로도 그렇지만 눈치라곤 전혀 없는 나의 몸아! 제발 정신 좀 차려! 몸의 주인은 나라고!

식욕에 지지 않기 위해 아랫배에 잔뜩 힘을 주었다. 참았던 눈물이 터져 나왔다.

4.

울다 지쳐 깜박 잠이 들었다. 부스스 잠에서 깨는데 밖에서 요란스러운 소리가 들려왔다. 엄마와 아빠가 다투는 소리. 일주일에 두세 번은 벌어지는 일이니 딱히 놀라울 것도 없다. 발소리를 죽이며 조심스레 거실로 향했다. 아빠의 고함 소리는 점점 커졌다.

"젠장, 넌 항상 그런 식이라니까?"

"목소리 좀 낮춰."

"작게 말하면 내 말을 듣기나 하냐?"

"하! 들을 가치가 있어야 듣지."

"씨발, 너 말 다 했어?"

"조용히 좀 해라? 민지 다 듣겠어!"

"아우, 씨! 그냥 확 들으라고 해!"

두 사람의 싸움은 늘 레퍼토리가 똑같다. 반복되는 진부한 스토리를 듣고 있느니 차라리 편의점에서 시간을 때우는 편이 나을 것 같았다. 나는 겉옷만 대충 걸치고 빠르게 집을 나섰다. 사실 나는 이제 누구의 편도 아니다. 집을 나와 아파트 단지를 이리저리 쏘다녔다. 발 닿는 대로 바람을 쐬다 보면 우울했던 기분이 한결 풀리면서 어느 순간 인생이 희망차지곤 한다. 그렇게 시간을 때우는 건 전쟁 같은 상황에서 스스로 터득한 나름의 생존 방식이다. 휴대폰을 확인했다. 돌아가기엔 아직 좀 이른 시간이었다. 그때 공원 근처에서 무언가 휙 지나가는 것이 보였다.

그 애인가? 나는 폴짝 뛰어가서 말했다.

"너지? 여기서 뭐 하는 거야?"

흠칫 놀란 그 애가 빠르게 달아났다. 그러더니 방향을 바꿔 아파트 지하 주차장 쪽으로 향하고 있었다. 나도 모르게 그 애를 뒤쫓아갔다. 부러 그러는 건지, 호기심 때문인지 그 애는 딱 한 번 나를 돌아봤다. 마치 자기를 따라오라는 듯이. 그러고는 불쑥 사람 말을 했다.

"너! 갈 곳이 없구나?"

놀란 나는 그 자리에 얼어붙고 말았다. 분명 사람처럼 말하는 그 애의 목소리를 들었기 때문이다. 환청인가? 나는 미심쩍은 표정으로 삼색 고양이를 쳐다보았다. 그 애는 태연하게 그루밍을 하다가 입을 쩍! 벌리고 늘어지게 하품을 했다.

"갈 데 없는 거 맞네."

무심한 말투, 그러나 분명 사람의 목소리였다. 나는 몹시 당황했다. 다만 그 애에게 호락호락하게 보이고 싶지 않아서 무시하는 척 지하 주차장을 빠져나오려 했다. 그때 반대쪽에서 빠른 속도로 다가오는 검은색 승용차 한 대가 보였다. "끼익!" 하는 거친 소리가 들리자 그만 심장이 쿵 내려앉았다. 나도 모르게 그 애가 있는 쪽으로 달려갔다.

"거기서 뭐 하는 거야? 어서 피해!"

나는 차량 쪽으로 거세게 손을 흔들었다. 다행히 검은색 차량이 차츰 속도를 줄이다가 핸들을 돌려 대각선 방향으로 움직였다. 휵 한숨을 내쉬며 삼색 고양이를 바라보았다. 그 애는 앉아서 태연히 그루밍을 계속하고 있다. 길에서는 으레 있는 일이라는 듯이.

"왜 그렇게 호들갑이니?"

"뭐라고? 기껏 구해 줬더니 그게 할 소리야?"

삼색 고양이는 지루해서 견딜 수 없다는 듯 기지개를 켜면서 말했다.

"인생이 말이야, 그렇게 호락호락한 게 아니야."

"야!"

나는 삼색 고양이를 향해 꽥 소리를 질렀다. 그러자 그 애는 호기심 가득한 표정으로 슬금슬금 다가와 갑자기 내 코앞으로 얼굴을 들이밀었다.

왜……, 왜 이러는 거야?

이번에는 발밑으로 불쑥 들어와 내 다리에 헤드번팅을 했다. 인정하고 싶지는 않지만 그건 꽤 효과가 있었다. 그 애가 나를 빤히 쳐다본다. 마음을 무장해제 시키는 그런 눈빛으로.

"나랑 같이 갈래?"

손으로 볼을 꼬집어 본다. 아픈 걸 보니 꿈은 아니었다. 그 애는 요염하고 당당하게 걸어가 계단 아래 철문 앞에서 멈춰 섰다.

"쿵."

"쿵."

문을 두드리자 안에서도 똑같은 소리가 났다.

"뭘 그렇게 재니? 갈 거야, 말 거야?"

에라, 모르겠다는 심정으로 그 애를 따라나섰다.

"쿵."

"쿵."

다시 두드리자 철문이 열렸다. 조금 놀라 뒤로 물러섰다. 어둠 뿐일 줄 알았는데, 안쪽에서 환한 빛이 새어 나왔다. 나도 모르게 고개를 떨궜다. 눈이 부셨거나 두려움 때문이거나, 아니면 둘 다 일지도 모르겠다.

"귀여워."

발끝만 쳐다보다 고개를 들어 보니, 한 무리의 고양이들이 나를 에워싸고 있었다. 그 애들의 얼굴을 살펴보았다. 모두 아파트 단

지나 공터에서 몇 번씩 마주친 적이 있었다.

"너희들, 모두 사람 말을 하는 거야?"

"원래 모든 동물은 말을 해. 너희들이 못 알아먹을 뿐이지."

고양이 무리는 앞발을 동동거리며 웃다가 몇몇은 바닥에서 뒹굴었다. 왠지 농락당한 기분이 들었다. 그러자 무리 사이에 있던 얼굴 큰 회색 고양이가 앞으로 나서며 말했다.

"모두들 정말 예의라고는 없군요!"

그러자 고양이 무리는 순식간에 조용해졌다.

"흠. 고민이 가득한 얼굴이네요. 무슨 일 있어요?"

고양이치곤 매우 낮은 중저음의 목소리였다. 얼굴이 큰 데다 몸집까지 거대해서 딱 봐도 평범한 고양이는 아닌 듯했다. 곁눈질로 슬쩍 쳐다보니, 회색과 검은색 줄무늬가 있어 언뜻 뱅골 고양이처럼 보이기도 했다. 삼색 고양이는 그가 무리의 우두머리라고 내게 귀띔을 해주었다.

"민지는 다이어트 중이에요. 그런 건 대체 왜 하는지 모르겠지만."

재빨리 삼색 고양이에게 말하지 말라는 눈짓을 보냈다.

"어머나! 다이어트를 한다고?"

"와씨! 거긴 우리 세계랑 완전 다른 모양이네?"

"왜 살을 빼? 얼굴이 크고 몸집이 커야 미남미녀 아냐?"

"하여간 인간들은 이상해. 삐쩍 마른 게 뭐가 좋다고 그러는지!"

고양이 무리가 속사포처럼 말을 쏟아 냈다. 나는 얼굴까지 새빨갛게 달아올랐다. 신상이 털린 기분이란 이런 거구나! 그렇게 느끼던 찰나, 얼굴 큰 회색 고양이가 헛기침을 했다. 그러자 고양이무리는 하나둘 꼬리를 내리며 물러섰다. 우두머리 고양이가 삼색고양이를 불러 뭐라고 귓속말을 했다. 그 애가 나를 빤히 쳐다본다. 뭔가 불길한 예감이 들었다.

"왜? 뭐, 뭔데?"

"그러니까……, 네가 원하면……."

"…… 원하면?"

"고양이 몸으로 바꿀 수 있대."

컥. 도무지 믿을 수도 없고, 믿어서도 안 되는 말이었다. 순간 다리에 힘이 풀리면서 바닥에 주저앉고 말았다. 회색과 검은 줄무늬가 있는 고양이가 스핑크스처럼 몸을 말고 가만히 웅크렸다. 그러자 다른 고양이들도 따라서 비슷한 자세를 취했다. 그 애가 슬그머니 내 옆으로 다가와 내 얼굴에 그루밍을 했다. 까슬까슬한 혓바닥이 내 볼에 닿았다. 순간, 나도 모르게 그 애를 뿌리치며 벌떡일어났다.

"나, 그만 갈래!"

우두머리 고양이는 그럴 줄 알았다는 듯이 껄껄 웃으며 말했다.

"뭐 다시 생각해 봐요. 인간의 삶만 옳은 건 아니니까."

나는 슬슬 뒷걸음질 치다가 도망치듯 철문을 열고 달아났다.

"악! 악! 악! 나 아무래도 미친 것 같애!"

한 손으로 뺨을 찰싹 때려 보았다. 몹시 아픈 걸 보니 꿈은 아니다. 숨을 한번 몰아쉬고 나서 뒤도 돌아보지 않고 집으로 뛰어갔다. 어느덧 어두컴컴한 한밤중이었다.

5.

"너, 왜 그래? 어디 아파?"

고개를 들자 혜린이 나를 내려다보며 말했다. 4교시 후, 점심시간이 시작될 무렵이었다.

"아니. 그냥 기운이 없어."

"오올! 이번엔 다이어트 성공하는 거 아냐?"

혜린이 나를 향해 씩 웃었다. 처음 보는 핑크색 틴트를 바른 입술이 도드라져 보였다.

"틴트 새로 샀어?"

"어제 올영 갔었지. 함 발라 볼래?"

"아니……, 됐어."

나는 몸을 웅크리며 다시 엎드렸다. 그러자 혜린이 내 귀에 대고 작게 말했다.

"그 얘기 들었어? 고양이."

순간 화들짝 놀랐다. 그러나 놀란 기색을 들키지 않으려고 웅크린 몸을 천천히 풀었다. 하다 하다 그 애까지 도마에 올리려는 건가? 혜린이 좀 괘씸하게 느껴졌다.

"배고팠는지 쓰레기통 뒤지는 걸 유라가 봤대."

"삼색이가?"

"응. 편의점에서 캔을 하나 사다 줬는데, 거들떠도 안 보더니 지하 주차장으로 도망가더라는 거야."

그 애가 은신처를 들킨 건 아닌지 슬슬 걱정이 되었다. 입이 마르면서 침이 꼴딱 넘어갔다. 다행히 혜린이 눈치를 챈 것 같지는 않았다.

"아, 난 또 뭐라고……."

"얘길 좀 끝까지 들어. 지하 주차장에서 순식간에 사라졌다는 거야. 거기 들어갈 만한 곳이 없잖아. 좀 이상하지 않아?"

"고양이야 뭐 액체설도 있으니까……. 어디로든 갔겠지."

"그게 아니라! 진짜 눈앞에서 스르륵 사라졌대."

"…… 그래서?"

"아니, 너 혹시 아는 거 있나 해서."

"너도 모르는 걸 내가 알 리가 있어?"

"왜? 너 매일 밤 삼색이 찾아다니잖아."

"누가 그래? 나 전혀 아닌데?"

나는 혜린과 길게 말을 섞고 싶지 않았다. 그건 부탁을 거절하지 않기로 한 것과는 다른 이야기였다. 특히 삼색 고양이 이야기라면 더더욱 그렇다. 혜린이 미심쩍은 표정으로 물었다.

"너……, 나한테 뭐 서운해?"

"아니. 그런 거 없는데."

"근데 요즘 왜 날 피해? 수상해."

"피하긴 무슨……. 사실 나 지금 생리 중이야."

"아! 그럼 양호실 같이 가 줄까?"

"괜찮아……. 미안."

이내 어정쩡한 자세로 교실을 빠져나왔다. 그 애가 싫은 건 아닌데 약점을 잡히고 싶지는 않기 때문이다. 우리 사이가 어쩌다 이렇게 되었을까? 가장 큰 문제는 혜린과 나 사이에 신뢰가 없다는 점이다. 나는 혜린이 아파트 공터에서 따라 하던 보디랭귀지를 떠올렸다.

"고양이 말로 이게 무슨 뜻인지 알아? 신뢰하고 좋아한다는 뜻이야."

가끔 그런 생각이 들 때가 있다.

차라리 동물처럼 말을 하지 못하면 우리는 서로를 더 신뢰할 수 있을까?

말과 글이 모두 사라진다면 우리도 몸과 눈빛으로 소통할 수 있지 않을까?

"요즘 무슨 생각을 그렇게 해?"

가끔 혜린이 의아한 표정으로 내게 물었다. 이기적인지 모르겠지만 그럴 때마다 나는 피식 웃으며 자리를 피한다. 우리 사이가 제자리를 빙빙 돈다는 느낌이 들 땐 어쩐지 허무해졌다.

6.

시간이 빠르게 흘러갔다. 보름이 지났는데도 다이어트는 전혀 효과가 없었다. 꿈쩍도 하지 않는 몸무게처럼 무겁고 우울한 나날이 이어지자 일상은 지루해졌다. 다행히 내겐 기쁨을 주는 한 가지가 있다. 용돈이 생기는 대로 고양이 사료를 구입하는 재미가 쏠쏠했다. 물론 엄마 아빠는 전혀 모른다. 오늘도 학교가 끝나자마자 사거리에 있는 애완동물 용품 매장으로 향했다. 이곳은 무인 점포라 사람들 시선을 신경 쓰지 않아도 돼서 편리했다. 나는 사료 파우치 한 개를 집어 키오스크에서 큐알(QR)코드를 찍었다. 닭고기와 참치를 섞은 1회 급여 분량의 고급 동결 사료였다. 사료를 먹는 순간을 상상하니 몽글몽글 행복해지는 기분이 들었다. 왠지 내가 먹을 땐 죄책감이 드는데, 고양이 밥을 줄 땐 그런 기분이 좀 상쇄된다.

이것이 양육의 기쁨이라는 걸까? 그래서 엄마도 나를 먹이려고 그렇게 안달이 난 것일까?

휴대폰을 꺼내 구입한 사료 파우치를 사진으로 남겼다. 지갑의 용돈이 줄어들수록 사진첩에는 다양한 종류의 사료 사진이 하나둘 늘었다.

"카톡."

"카톡."

"카톡."

그때 휴대폰 알림이 울렸다. 저녁 7시. 단톡방 멤버들이 식단을 공유할 시간이다. 가장 먼저 사진을 올린 건 혜린이었다.

오! 이건 뭐임?

짜잔! 두부 초밥!

대박! 직접 만든 거임?

당근!

왕. 개신박한 레시피!

혜린이 올린 사진 아래로 호응의 댓글이 줄줄이 달렸다. 나는 댓글은 달지 않고 하트로 '좋아요' 표시만 했다. 카톡으로도 마음이 읽히는 건지, 혜린이 갑자기 서운한 티를 냈다.

민지는 요즘 왜 사진 안 올림?

그러자 약속이라도 한 듯 다른 멤버들까지 툴툴거리기 시작했다.

맞아. 계속 눈팅만 하고 식단 공유도 안 하잖아?

누군 시간이 남아도는 줄?

상황 돌아가는 걸 보니 톡방 밖에서 따로 사전 조율이 있었던 모양이었다. 혜린은 여론몰이에 능하다. 좀 불쾌한 기분이 들었지만 일단 내색하지 않기로 했다.

미안, 요즘 좀 정신이 없어, ㅠㅠ

네네, 그러세요?

오늘은 올리는 거임?

야, 간식이라도 먹었을 거 아냐?

아! 간식! 잠깐만.

나는 어젯밤에 찍은 과자 봉지를 찾으려고 휴대폰 앨범에 접근했다. 그때 갑자기 엄마로부터 전화가 걸려 왔다. 꼭 이런 순간에 엄마는 내 인생에 태클을 건다. 예상치 못한 문제가 벌어졌다. 걸려 온 전화의 화면을 내리다가 그만 사진첩에 접근하고 만 것이다.

뭐야? 이건 고양이 사료 아님?

ㅋㅋㅋㅋㅋㅋ

미친. 너 고양이 사료도 먹냐?

아냐. 잘못 눌렀어. ㅠㅠ

눼눼. 그러셨어요?

넘나 배고파서 사료 드신 건 아니구웁?

사진 한 장에 톡방은 순식간에 아수라장이 됐다. 나는 뭐라고 더 말하려다가 'ㅠㅠ' 표시만 보냈다. 구구절절 변명을 해 봐야 일만 더 커질 게 뻔했다. 그러자 혜린이 톡방 멤버들을 향해 입단속을 했다. 또 한 번 사진이 유출될 경우에는 그냥 넘어가지 않겠다는 말까지 덧붙이면서. 갑자기 톡방에 묘한 적막감이 흘렀다. 혜린은 마지막으로 이런 톡을 덧붙였다.

걱정 마. 우리가 비밀로 해 줄게.

기분이 찝찝해졌다. 정보를 쥐고 있는 자가 권력을 갖는 건 인간 사회의 불문율이었으니까. 갑자기 이 방에 남고 싶은 생각이 없어졌다. 그런데 당장 탈퇴하겠다고 말하자니 분위기가 싸해질 것이 뻔했고, 그냥 있자니 자존심이 좀 상했다.

정말 우리, 친구가 맞기는 한 걸까?

머릿속으로 온갖 생각들이 말풍선처럼 둥둥 떠올랐다.

SNS에 타인의 속마음 읽기 기능이 추가된다면 어떻게 될까? 그럼 가짜로 얽히고설킨 관계들은 모두 정리되지 않을까?

그때, 어디선가 그 애의 목소리가 들려왔다.

"바보야. 넌 너무 생각이 많아. 그런 세상이 온다면 마음을 더 깊이 감추겠지."

"하여간 인간들은 복잡하다니까."

"야! 네가 우리에 대해 뭘 안다고 그래? 고작 길고양이 주제에……."

왜 그랬을까. 나도 모르게 그 애에게 함부로 말해 버렸다. 미안한 마음이 들었지만, 오히려 그 애에게 당당히 소리쳤다.

"너, 지금 어디야?"

"나야 늘 거기에 있지."

"꼼짝 말고 있어. 당장 갈 테니까!"

그 애와 담판을 지어야겠다는 생각이 들었다. 그때 하늘이 번쩍였다. 이내 "우르르 쾅" 소리와 함께 강한 번개가 내리쳤다. 동시에 굵은 빗줄기가 사정없이 쏟아져 내렸다. 그 순간, 내 속에서 무언가가 확 변했다. 눈이 번득였다고 해야 하나? 마치 고양이라도 된 것처럼 깊은 곳 어딘가에서 울음소리 같은 것이 목구멍을 타고 올라왔다. 나는 발끝을 꼿꼿이 세우고 그 애를 찾아 걸음을 재촉했다. 빗소리는 점점 더 커지고 있었다.

7.

공터에 도착했다. 그사이 빗줄기는 더 굵어졌다. 아무리 주위를 살펴봐도 그 애는 없었다. 그러자 비를 피해 지하 주차장으로 갔을 거라는 데 생각이 미쳤다. 비를 흠뻑 맞은 건 아닌지 괜스레 걱정이 되었다.

내가 왜 그 애를 걱정하는 거지?

그런 생각이 들자 지하 주차장까지 찾아온 내가 좀 한심하게 느껴졌다. 그때 주차장 안쪽에서 거친 목소리가 들려왔다.

"이게 미쳤나? 사람을 할퀴어?"

중년 남자의 거친 목소리였다. 사람인 내가 듣기에도 위협적인 끔찍한 말투였다. 나는 불길한 예감에 사로잡혀 한달음에 지하 주차장으로 뛰어 내려갔다. 그와 동시에 안쪽에서는 고양이 울음소리가 들려왔다. 그 소리를 듣자 곧장 심장이 뜨거워졌다. 이제 상황은 너무나 명확해졌다. 누군가 삼색 고양이를 해치고 있음이 분명했다.

"아저씨! 뭐 하시는 거예요, 지금!"

용기라는 것은 무엇일까? 그리고 어디서 나오는 것일까? 나도 모르게 허공을 향해 포효하듯 크게 소리쳤다. 허름한 추리닝 차림의 중년 남자가 이쪽을 돌아보았다. 아빠보다 열 살은 더 많아 보이는 중년 남자는 덩치가 커서 더 위협적으로 보였다.

"뭐야! 이 꼬맹이는?"

"아저씨! 그거 동물 학대예요. 사진으로 다 찍어 놨거든요?"

"뭐? 학대?"

"방금 손을 들어 올려서 때리셨잖아요!"

"저 고양이 새끼가 먼저 할퀴었거든? 아냐, 재수가 없으려니까 진짜!"

그때였다. 그 애가 차량 아래로 숨기 위해 비틀거리며 일어서다가 그대로 픽 쓰러진 것은.

"아, 씨! 진짜 애한테 무슨 짓을 하신 거예요!"

중년의 남자를 거세게 밀치고 삼색 고양이에게 달려갔다. 바닥에 널브러진 그 애는 눈을 몇 번 깜빡이다가 스르르 감았다. 마음속 깊은 곳에서 뜨거운 감정이 치고 올라왔다. 나는 그 애를 들쳐 안고서 그대로 주차장 밖으로 뛰어나왔다. 따뜻한 체온이 팔에 느껴졌다.

살아 있는 몸은 이렇게 따뜻한 거구나!

나는 그 애를 좀 더 꽉 안았다. 작은 심장이 뛰는 소리가 들렸다. 그리고 보니 엄마 아빠의 심장 소리를 들어본 지 오래되었다는 생각이 들었다. 지하 주차장을 빠져나와 아파트 입구를 향해 전속력으로 달렸다. 로데오 거리에 있는 24시 동물병원으로 가려면 족히 30분은 뛰어야 했다. 케이지에 넣지도 않은 동물을, 게다가 하찮은 길고양이를 버스에 태워줄 리 없기 때문이다. 갑자기 책임감 같은 것이 솟아났다. 나는 소매를 잡아당겨 그 애를 포근히 감쌌다.

"괜찮아? 몸이 다 젖겠어."

"걱정 마. 넌 나만 믿어."

나는 열다섯 살치고는 꽤 어른스럽게 말했다. 그 애가 작게 속삭였다.

"나한테 왜 잘해주는 거야?"

"그야 우린 친구니까."

"그러다 진짜 친구를 다 잃게 되면 어떡해."

"친구는……. 너 하나면 족해."

아파트 입구를 빠져나오자 내리막길이 나타났다. 나는 쏟아지는 비를 맞으며 전속력으로 달렸다. 그 애가 무사하다면, 생명이 사라져 버리지 않는다면 정말이지 나는 다 괜찮을 것 같았다. 바로 그때 횡단보도 건너편의 동물병원 간판이 보였다. 나는 웅크린 삼색 고양이에게 얼굴을 가져다 댔다. 그러자 목구멍이 간질간질해지면서 한 번도 해본 적 없는 말이 튀어나왔다.

"사랑해."

사거리의 신호등이 푸른빛으로 바뀌었다. 나는 횡단보도로 한 발을 내딛었다. 동시에 자동차 클랙슨 소리가 거칠게 들려왔다. 소리 나는 쪽으로 고개를 돌리자 미처 속도를 줄이지 못한 흰색 자동차 한 대가 돌진해 오는 것이 보였다. 나는 놀라서 그만 눈을 질끈 감으며 비명을 질렀다. 그 순간, 사방이 믿을 수 없이 고요해졌다. 뭐지 이 느낌은? 몸이 붕 뜨는 기분이 들면서 찢어질 듯 굉음과 클랙슨 소리, 사람들의 웅성거림이 조합되어 사이키델릭한 몽환적인 소리가 사방으로 퍼졌다.

뭐야? 설마 나, 죽는 거야?

그럼 몸은……. 내 몸은 어떻게 되는 거지?

가만, 몸이 없으면 마음도 없어지는 건가?

헐! 이러다 다음 생엔 진짜 고양이로 태어나는 거 아냐?

아, 모르겠다……. 왜 이렇게 자꾸 눈이 감기는 거야…….

정신이 혼미해진 와중에 이상하게 졸음이 쏟아졌다. 엄청 추웠다가 훈훈한 난로 앞에 앉아 불을 쬐는 것처럼 갑자기 몸이 노곤해지면서 잠이 왔다.

"따뜻한 거였네. 죽는 건 차가운 것인 줄 알았는데, 아니었어……."

나는 웅얼거리며 스르륵 눈을 감았다. 막상 이렇게 끝난다고 생각하니 약간 아쉬운 마음도 들었다. 이럴 줄 알았으면 엄마 아빠가 못하게 하는 것도 다 해보는 건데……. 그래도 생각해 보면 평화롭고 행복했던 때도 많았었다. 점점 기억이 흐릿해졌다.

8.

누운 채로 방안을 둘러본다. 아이돌 가수의 포스터와 사진이 빼곡히 붙어 있는 걸 보니, 익숙한 내 방이 분명했다.

나 죽은 거 아니었어?

그런 생각을 하는데 방문이 벌컥 열리더니 엄마가 성큼성큼 들어왔다. 나는 자는 척 눈을 감았다가 슬쩍 떴다. 엄마가 노려 보는 줄 알았는데 아니었다. 나를 바라보는 얼굴에는 근심이 가득했다.

"기억 나? 너 횡단보도로 뛰어든 거."

"아……."

"하아. 운전자가 브레이크를 밟았으니 망정이지……."

엄마는 내가 골절이 있긴 하지만 이 정도 타박상으로 그친 게 천만다행이라고 말했다. 그러면서 나 같은 딸은 두 번 다시 키우고 싶지 않다고 질색을 했다. 물론 그렇게 말하는 엄마의 심정을 모르는 건 아니다. 그러나 자식을 선택할 수도 없지 않은가? 우리가 부모를 선택할 수 없는 것처럼. 그 순간, 어떤 얼굴이 섬광처럼 스쳐 갔다.

"엄마! 그 애는?"

"그 애? 누구?"

"고양이! 걔 어디 있냐고?"

"난 또……. 사거리 앞 24시 동물병원에 있어. 고양이 좀 병원에 데려다 달라고 길에서 울고불고 생난리를 쳤다며."

"아……. 다행……."

"그런데 요즘도 그런 고마운 기사분이 다 있더라? 지나가던 택시 기사님이 너랑 고양이까지 다 태우고…….”

가만히 떠올려 보니 얼핏 기억이 났다. 택시에서 다급히 뛰어내린 한 남자가 나를 흔들어 깨우던 다급한 모습. 떡 벌어진 체격에 커다란 얼굴을 가진 그 남자는 낮은 중저음의 목소리로 나를 애타게 불렀다. 검은색 머리칼 사이로 흰머리가 살짝 섞여 언뜻 보면 뱅골 고양이 같은 인상이 느껴지는 남자였다. 어디선가 본 것처럼 익숙한 느낌이었다.

“우리, 만난 적이 있어요?”

기억나지 않지만, 그는 분명 아는 사람 같았다. 왜 그런지 안심이 되면서 나는 순식간에 고개를 푹 떨궜다. 거기서부턴 더 이상 기억나지 않는다.

“고양일 왜 병원에 데려다주려고 했어?”

“무슨 말이야?”

“그러니까……. 내 말은, 살려 놔도 언제든 잘못될 수 있는, 길에 사는 애를…….”

“엄마! 내가 다쳐도 그렇게 말할 수 있어?”

“너하고 길고양이하고 같니?”

“똑같아. 그 애도 몸이 따뜻해. 왜냐하면 살아 있으니까.”

나는 눈물이 차오르는 걸 간신히 누르며 겨우겨우 말했다. 엄마가 묵묵히 내 말을 듣고 있어 잠시 우리가 소통이 되는 줄 알았다. 그런데 엄마는 전혀 다른 말을 했다.

"암튼 우린 길고양인 못 키워. 그리고 너랑 걔는 완전히 달라. 알겠어?"

나는 무슨 말을 하려다가 그만두었다. 엄마를 마음 아프게 하긴 싫었다. 부모는 자신들이 자식을 더 사랑한다고 착각하지만, 솔직히 아닌 것 같다. 우리가 더 많이 사랑한다. 안타까운 건 그들은 그걸 잘 모르고, 또 알려고도 하지도 않는다는 점이다. 슬픈 일이다.

9.

혜린이 할 말이 있다고 집으로 찾아왔다. 학교에 못 간 지 꼭 일주일이 되는 날이었다. 그 사이 몇 번 톡이 왔지만 나는 답을 하지 않았다. 사거리 교통사고 이후, SNS에는 괴이한 합성 사진이 나돌고 있었다. 물론 혜린이 벌인 일이라고 생각하진 않았다.

'** 아파트 주차장 ** 중학생 고양이 사료 폭풍 흡입 사진.'

며칠 전, 톡으로 인터넷에 떠도는 사진 한 장이 도착했다. 단톡 방 멤버 중 한 명이 보낸 개인 톡이었다. 그 애도 다른 반 친구에게 받았다고 말했다.

민지, 이거 너 아니지?

아니라고 말해 줘. 제발! ㅠㅠ

사진을 확대해 봤다. 아파트 주차장 구석에 앉아 있는 한 여학생의 뒷모습이었다. 여학생의 어깨 뒤로 고양이 한 마리가 놀라서 달아나는 모습이 찍혀 있었다. 자세히 보니 삼색 고양이, 그 애였다. 얼굴이 나온 건 아니지만 사진 속 여학생의 손에는 사료 알갱이들이 가득했다. 여학생이 사료를 흡입하는 걸 보고 고양이가 놀라는 장면의 사진은 엽기적으로 보이도록 합성한 것이 분명했다. 사진은 SNS를 타고 빠르게 퍼졌다. 나는 혜린의 진심이 궁금했다.

"소문에 대해 너 아는 거 있어?"

"나 아니야."

"그래. 그렇겠지."

"나 아니라고……. 진짜야! 하아. 이건 아무한테도 말 안 하겠다고 약속했는데, 사실 유라가……."

"혜린아! 말하지 않기로 약속한 거면 하지 마."

"뭐라고?"

"너 정말 불쌍해."

"씨발, 그거 나한테 하는 소리야? 야! 김민지! 난 우리가 친구라고 생각했는데……."

나는 좀 짜증난다는 듯 인상을 썼다. 혜린의 마지막 말이 너무나 진부하게 느껴졌기 때문이다. 그 애는 얼굴부터 귀까지 새빨개졌고 마지막 대화는 그렇게 끝이 났다. 일주일이 지난 후 학교로 돌아갔을 때, 우리 사이에는 미묘하면서도 확실한 변화가 생겼다. 멤버들은 하나둘 단톡방을 빠져나가 새로운 방으로 옮겨 갔다. 반 친구들 사이에 혜린이 멤버들을 가스라이팅했다는 소문이 돌면서 그 애를 투명인간 취급하는 분위기가 생겼다. 혜린은 괴로워 보였다. 그러나 나 역시 그 애를 위로하고 싶지는 않았다. 다 한때의 소문일 뿐이니까. 그즈음 고양이 사료 합성 사진은 아이들의 기억에서 빠르게 잊혔다. 더 강력한 파급력을 가진 소문이 연달아 등장한 덕이겠지. 쓸모를 다 한 소문은 더 자극적인 소문에 먹히고 만다. 그것이 소문의 운명이다.

얼마 후 다이어트를 그만두었다. 전전긍긍하는 엄마 아빠를 더는 모른 척할 수가 없었다. 하루는 사람 말을 하는 고양이 이야기를 슬쩍 꺼냈다가 엄마가 울어 버리는 바람에 서둘러 농담이라고 둘러대고 말았다. 부모가 싸우는 모습을 보고 자라서 내가 이상해진 것 같다며 엄마는 아빠를 붙들고 하소연을 했다. 아빠가 처음으로 엄마 어깨를 다독였다. 오호라! 이런 신박한 방법이 있었군! 두 사람 사이를 좋게 만든 것 같아 우쭐한 기분이 들었다. 그 이야기를 삼색 고양이에게 한 적이 있는데, 그 애는 무심한 듯 말했다.

"가족끼리 그루밍을 좀 해 보지 그래? 알로그루밍."

"알로그루밍?"

"애정 표현의 일종인데, 서로 털을 핥아 주는 거야."

"웩! 혀 마사지를 말하는 거군!"

"가족이나 동료로 인정한다는 뜻이기도 하고."

"좋네, 알로그루밍. 또 다른 표현법도 있어?"

"알로러빙. 얼굴을 부비고 안 아플 정도로만 서로 꽝꽝 깨물어 주는 건데 사랑을 몸으로 격하게 표현하는 거야."

"몸으로……. 격하게?"

"응. 격하게. 표현하지 않으면 상대는 모르거든."

그렇게 말하고 나서 삼색 고양이는 지하 주차장의 푸르스름한 불빛 쪽으로 뛰어 내려갔다. 그 애를 놓칠세라 나도 따라서 뛰었다. 그 애가 멈칫하더니 이쪽을 돌아본다. 어스름한 불빛 속에서 얼굴이 잠시 사람처럼 보였다. 믿어지지 않겠지만 정말 그랬다.

"솔직히 말해 봐. 너 말이야, 한 번쯤은 사료 먹어 보고 싶었지?"

"야, 미친! 절대 아니거든?"

삼색 고양이는 재밌어 죽겠다는 듯이 몸을 이리저리 바닥에 굴렸다. 그 애가 즐거워하니 나도 덩달아 신이 났다. 잠시 후, 그 애가 한걸음 다가왔다. 그러더니 마치 사람처럼 똑바로 몸을 세워 나를 향해 손짓했다. 나는 몸을 낮춰 시선을 맞추었다. 그 애는 까슬까슬한 혀를 내밀어 내 얼굴을 핥아 주었다. 알로그루밍. 너를 친구로 여긴다는 뜻이겠지.

"민지, 나를 사랑해 줘서…… 고마워."

"알고 있었어? 언제부터?"

"음……. 지하 주차장으로 나를 찾아 내려온 그날부터."

그 애는 소리 없이 일어나 슬금슬금 걸어갔다. 새침하고 도도하게, 무엇보다 고양이답게. 고양이는 이상하고 괴이하다. 동물인데 길들지 않고 오히려 상대를 길들인다. 말하지 않아도 나는 그 애의 마음을 알 것 같았다. 그건 몸으로 하는 말이니까. 좀 이상하게 들릴지 모르지만, 그 애랑 나는 진짜 친구가 되었다. 가을이 끝나가고 서늘한 바람이 불어오는 밤이었다.

헤드

정명섭

- 여기는 알파 팀! 5층 진입, 잔류자들의 저항이 거셉니다.

- 뚫고 전진하라. 찰리 팀 어디 있나? 보고하라!

- 돌파가 어렵습니다. 팀원들이 다쳤습니다. 지원이 필요합니다.

- 현재 지원 불가하다. 돌파하라고!

이어폰을 통해 들려오는 팀원들의 악에 받친 목소리는 점점 더 거세졌다. 급하게 얘기할수록 말소리가 뭉개지면서 꼭 비명처럼 들렸다. 듣다가 지친 성시아는 더 이상 참지 못하고 의자에서 일어났다. 쏟아지는 통신을 듣고 당황하던 지휘관 강 대위가 버럭 소리를 질렀다.

"대기해!"

성시아는 지휘관에게 다가가서 낮은 목소리로 대꾸했다.

"씨발, 동료들이 밑에서 죽어 나가는데 대기나 하라고?"

살기 넘치는 그녀의 말에 지휘관은 움찔했다. 성시아는 이글거리는 눈으로 지휘관을 쏘아 보다가 천막 밖으로 나왔다. 20대 후반인 그녀의 얼굴에는 크고 작은 상처들이 적지 않았다. 10년 전부터 징집되어 군인으로 활약하면서 입은 상처들이었다. 갸름한 얼굴에 짧은 단발머리를 한 그녀는 액상 방탄복을 입고 허리에는 보행을 도와줄 웨어러블 머신을 착용한 상태였다. 밖으로 나온 성시아는 들고 나온 무탄피 소총의 탄환을 확인했다. 90발이 꽉 채워진 걸 확인한 그녀는 헬멧에 붙은 통신 장치를 확인했다.

"성시아 상사다. 지금 내려가겠다. 알파 팀은 현재 위치에서 연막탄 투척 후 철수한다. 5층 중앙 비상구 방향으로 나와 아래층에 있는 찰리 팀을 구출하러 간다."

통신을 주고받으며 뚜벅뚜벅 걸어간 성시아는 비상계단 앞에 섰다. 앞에는 하늘 높이 치솟은 롯데월드타워의 잔해가 보였다. 성시아는 계단 아래 어둠 속에서 들려오는 총성과 비명 소리를 들으며 중얼거렸다.

"먼저 협상을 하든지, 기간을 줬었어야지."

애초 목표는 롯데월드타워와 붙어 있는 롯데백화점 에비뉴엘 잠실점에 있는 잔류자들을 몰아내는 것이었다. 그래서 6층 옥상에 랜딩해서 지휘소를 차리고, 아래층으로 팀들을 내려 보내는 계획을 세웠다.

22세기에 접어들면서 벌어진 핵전쟁과 환경 재난으로 인해 지구는 엉망이 되어 버렸다. 그 와중에 전염병과 식량난까지 겹치면서 지옥처럼 변해 버린 것이다. 지중해는 사막이 되어 버린 지 오래고, 아시아 쪽은 해수면이 높아지면서 대부분의 육지가 물에 잠기는 일이 벌어졌다. 그 와중에 전 세계 인구의 90퍼센트 이상이 사라졌고, 남은 생존자들 역시 식량난과 전염병에 시달려야만 했다. 서울 지역도 수심이 10미터 이상 높아진 상황이라 온통 물로 넘쳐 났다. 그래서 생존자들은 무너지지 않은 높은 빌딩이나 남산으로 몰려들었다. 정부에서는 이들을 수용소에 모으려고 했다. 하지만 수용소에 들어가면 자유를 박탈당하고, 시키는 일만 해야 했다. 식량도 배급을 받아야 하기 때문에 다들 거부했다. 정부에서는 그들을 '잔류자들'이라고 부르면서 체포하거나 혹은 살던 곳에서 쫓아내려고 했다. 잔류자들 입장에서는 삶의 터전인 이곳에서 필사적으로 버틸 게 뻔해서 성시아가 속한 특수 진압대가 출동한 것이다. 어떻게 할까, 고민하던 성시아의 어깨에 누군가의 손이 올려졌다. 붉은 머리를 뒤로 묶은 20대 중반의 여성은 살짝 장난기 섞인 표정으로 그녀를 바라봤다.

"상사님! 강 대위가 지랄하던데요. 명령 불복종이라면서 끌고 오라고 했어요."

"자신 있으면 직접 오라고 해. 아버지 빽으로 계급장 단 주제에 입만 살아 가지고는."

성시아가 짜증을 내자 어깨에 손을 올린 상대방도 동의하는 듯한 말투로 얘기했다.

"실력도 없는 놈이 공을 세운답시고 일을 크게 만들었어요."

"보라야, 나한테 한 대 맞고 쓰러지는 척해. 그러면 저놈도 너한테 뭐라고 하지 못할 거야."

성시아 상사의 말에 권보라 중사가 고개를 저으며 손가락 두 개를 펼쳤다.

"에이, 지난번에도 살살 때린다고 해놓고 2주가 지나도 멍이 안 없어졌어요. 같이 내려 가요."

"명령 불복종은 나 하나로 족해."

성시아 상사의 대답에 권보라 중사가 계단 아래쪽을 바라봤다.

"저긴 개미굴이에요. 상사님이 아무리 날고 긴다고 해도 뒤를 지켜 줄 사람은 있어야 하잖아요."

"진짜, 고집하고는."

"이렇게 말다툼할 시간 없어요."

권보라 중사의 얘기를 들은 성시아 상사가 들고 있던 무탄피 소총의 안전장치를 풀었다.

"내가 앞서 들어간다."

"뒤는 저에게 맡겨 주십시오."

"든든하네."

성시아 상사는 아래로 내려가는 계단으로 조심스럽게 진입했다. 조명이 들어오지 않은 어두운 계단을 비추기 위해 무탄피 소총에 부착된 전술 랜턴을 켰다. 야시경을 쓰는 게 더 안전했지만 더 이상 배터리를 생산할 수 없고, 부품 조달도 불가능했기 때문에 지난달부터 사용하지 못했다. 전술 랜턴의 조명이 계단을 뚫고 아래로 내려가면서 앞쪽을 비췄다. 물에 젖은 인형을 사람인 줄 알고 쏠 뻔했던 성시아 상사는 한숨을 쉬며 아래쪽으로 내려갔다. 5층에 도달한 둘은 비상구의 양쪽에 붙었다. 녹이 슨 비상구의 손잡이를 살짝 당겨 본 성시아 상사가 고개를 끄덕거리자 권보라 중사가 소총을 겨누며 한 발자국 뒤로 물러 났다. 손가락을 세 개까지 편 성시아 상사가 문고리를 확 돌렸다. 안으로 열리는 문을 밀자 권보라 중사가 재빨리 다가가 문 옆을 살피고는 외쳤다.

"클리어."

성시아 상사는 옆으로 물러난 권보라 중사의 어깨를 한 번 치고는 복도로 나갔다. 복도에는 녹슨 냄비와 비닐 포대, 라면을 비롯한 각종 제품들의 포장 비닐이 보였다. 물이 스며들지 않는 비닐은 유용하게 쓸 수 있었다. 그렇기에 이걸 차지하기 위해 종종 살인까지 벌어졌었다. 비닐 밟는 소리가 나지 않도록 조심스럽게 비켜서 걸어간 성시아 상사는 소총에 달린 전술 랜턴으로 주변을 쭉 살펴봤다. 상품을 팔던 백화점이라서 그런지 중간중간 기둥이 있는 것 빼고는 벽들이 없었다. 두 사람은 기둥 뒤쪽을 살펴보면서 앞으로 나아갔다. 성시아의 왼쪽으로 걷던 권보라 중사가 이어폰으로 속삭였다.

"왼쪽에 잔류자들이 보입니다. 어린아이 둘, 그리고 어머니로 보이는 여성입니다."

"무기 가지고 있는지 확인해."

걸음을 멈춘 권보라 중사가 손을 들라고 얘기하는 소리가 들렸다. 따라서 걸음을 멈춘 성시아 상사는 혹시나 모를 상황에 대비해 그쪽을 바라봤다. 씻지 못해 얼굴과 몸에 지저분한 얼룩이 잔뜩 묻은 여자아이 하나와 눈이 마주쳤다. 라면 봉지로 만든 끈으

로 머리를 질끈 묶은 여자아이는 많아야 열 살 정도였다. 겁에 질
린 아이에게 안심하라는 듯 눈을 한 번 깜빡거린 성시아 상사는
권보라 중사가 괜찮다는 수신호를 하자 이어폰에 대고 외쳤다.

"전진한다."

"카피."

짧게 대꾸한 권보라 중사가 무탄피 소총을 겨누고 어둠 속을 걸
어갔다. 성시아 상사는 혹시나 잔류자들이 그녀의 뒤를 노릴까 봐
잠시 더 지켜봤다. 다행히 여성 잔류자는 떨고 있는 아이들을 보
듬느라 여념이 없었다. 안심한 성시아 상사는 권보라 중사가 걸어
가는 쪽으로 향했다. 그녀가 다가오자 권보라 중사가 물었다.

"알파 팀은 어디 있습니까?"

손목에 찬 웨어러블 워치를 확인한 성시아 상사가 마네킹이 무
더기로 쌓여 있는 앞쪽을 가리켰다. 창문이 없어서 그런지 걸어갈
수록 어둠의 무게감이 더해졌다.

"저기 같아. 조심해. 오인 교전이 제일 위험하니까."

쌓여 있는 마네킹들은 상당수가 불에 녹거나 팔다리가 뽑힌 상
태였다. 눈살을 찌푸리며 권보라 중사가 투덜거렸다.

"꼭 시체 같아요."

"집중해."

짧게 대꾸한 성시아 상사가 쌓여 있는 마네킹을 스쳐 지나갔다. 뒤쪽에는 대형 비상문이 보였다. 녹슨 철문 곳곳은 구멍이 뚫려 있었다. 그중 하나에 눈을 들이댄 성시아 상사는 갑자기 구멍을 뚫고 튀어 나오는 칼날에 황급히 뒤로 주저앉았다.

"젠장!"

엉덩방아를 찧은 그녀 앞에 비상문이 활짝 열리고 젊은 잔류자가 녹슨 칼을 치켜들었다.

"죽어라!"

옆으로 물러난 권보라 중사가 소총의 방아쇠를 당기는 소리가 들렸다. 옆머리와 어깨, 옆구리에 연달아 탄환을 맞은 젊은 잔류자는 칼을 떨어뜨린 채 바닥에 쓰러졌다. 옆머리가 터져서 고통스러워할 틈도 없었다. 피와 뇌수가 바닥에 서서히 퍼지는 가운데 권보라 중사가 넘어져 있는 성시아 상사에게 다가와 손을 내밀었다.

"어때요? 제가 없었으면 큰일 날 뻔했죠?"

히죽 웃는 그녀를 올려다보던 성시아 상사는 문 쪽을 힐끔 보고는 발로 걷어찼다.

"으악!"

비명을 지르며 넘어진 권보라 상사의 머리 위로 녹슨 도끼가 바람을 가르며 스쳐 지나갔다. 머리에 헬멧을 쓰긴 했지만 이 정도 타격이면 두 조각이 나고도 이상하지 않을 정도였다. 누운 자세 그대로 허벅지에 찬 권총을 뽑은 성시아 상사는 자신을 돌아 본 잔류자를 쳐다봤다. 잘 씻지 못해 새까매진 얼굴에 머리카락도 길게 자란 상태였다. 넝마 같은 것을 입고 있었는데 드러난 팔과 다리는 부스럼과 종기, 크고 작은 상처들로 가득했다.

"으아아!"

괴성을 지른 젊은 잔류자가 도끼를 머리 위로 치켜들었다. 성시아 상사는 상대방의 가슴에 더블 탭으로 두 방을 쏘고 머리를 겨냥했다. 총에 맞은 젊은 잔류자는 뒤로 도끼를 떨어뜨리며 무릎을 꿇었다. 성시아 상사는 권총을 겨눈 채 천천히 일어났다. 가슴에서 피를 콸콸 쏟은 젊은 잔류자는 눈을 까뒤집으며 앞으로 쓰러졌다. 권총을 도로 허벅지의 홀스터에 끼워 넣었다. 활짝 열린 대형 비상구 너머에서 뭔가가 움직이는 발자국 소리가 들려왔다. 벽 쪽에 바짝 붙어 안쪽을 살펴본 성시아 상사가 중얼거렸다.

"알파 팀 같지?"

질문을 받은 권보라 중사가 고개를 끄덕거렸다.

"전술용 부츠 소리예요. 잔류자들은 아닙니다."

대답을 들은 성시아 상사가 잠시 기다렸다 소리쳤다.

"알파 팀! 성시아 상사다! 그 자리에서 멈춰라! 성남!"

마지막에 암구호를 외치자 어둠 속에서 숨을 헐떡거리는 소리와 함께 대답이 돌아왔다.

"일산! 알파 팀입니다."

벽에 기대어 있던 성시아 상사는 상대편의 대답을 듣고 전술 랜턴을 바닥으로 향한 채 앞으로 나아갔다. 몇 걸음 옮기기도 전에 알파 팀의 모습이 보였다. 팀장인 오배일 중사가 안도의 한숨을 내쉬었다.

"와 주셔서 고맙습니다."

"상황은?"

"잔류자들이 조직적으로 저항했습니다. 바리케이드를 쌓고 기다리고 있다가 다가가니까 벽돌과 화염병을 던졌습니다. 총도 사용했고요."

"총까지?"

"네, 물러 나려고 했는데 강 대위가 계속 뚫고 가라고 해서요."

오배일 중사의 얘기를 들은 성시아 상사는 혀를 찼다. 팀원이라고 해 봤자 다섯 명이 전부였다. 그런데 수십 명이 바리케이드를 쌓고 버티는 곳을 돌파하라는 건 말도 안 되는 얘기였다.

"멍청한 놈 같으니."

"다행히 따로 추격해 오지는 않았습니다."

"브라보 팀은?"

"아래층에 있는 것 같은데 도저히 뚫고 갈 수 없어서 물러난다고 했습니다."

"찰리 팀은?"

"내려오다가 강 대위한테 따로 지시를 받은 모양입니다. 아래층으로 내려갔습니다."

"뭐라고?"

놀란 성시아 상사가 되물었다.

"따로 지시를 내린 걸 들은 적이 없는데?"

"진입 후에 지시가 내려왔습니다."

"그래서 아까 잠깐 천막 밖으로 나갔구나. 몇 층으로?"

성시아 상사의 물음에 오배일 중사가 고개를 끄덕거리며 손가락을 두 개 폈다.

"함구령이 떨어져서 대답하지 못한다고 했습니다."

"망할. 부상자는?"

"저 빼고는 전부 다 다쳤습니다."

알파 팀의 상태를 살펴본 성시아 상사가 말했다.

"나랑 권 중사가 내려갈 테니까 너는 팀원들을 데리고 올라가."

오배일 중사가 가지고 있던 산탄총을 건네주면서 말했다.

"찰리 팀을 꼭 찾아 주십시오."

"그럴게. 조심해서 나가."

오배일 중사가 경례를 하고는 팀원들을 이끌고 나갔다. 남은 권보라 중사가 성시아 상사에게 말했다.

"좀 이상하지 않아요?"

"아주 많이 이상하지."

"계획이랑 다르게 2층으로 내려가라고 한 것도 그렇고, 비밀리에 지시를 내린 건 애초부터 다른 계획이 있었다는 뜻이잖아요."

권보라 중사의 얘기를 들은 성시아 상사는 산탄총을 등 뒤에 꽂고는 소총을 두 손으로 잡았다.

"협상도 없이 갑자기 들이닥쳐서 쫓아내려고 하는 것도 그렇고, 잔류자들의 저항도 예상 밖으로 거세. 대부분 조금 버티다가 이동하거나 아니면 수용소로 들어오잖아."

"그러니까요."

권보라 중사의 대답에 성시아 상사가 짜증을 냈다.

"그게 뭔지 모르겠지만, 우리 팀을 다치게 만들었으면 가만 놔두지 않을 거야."

"2층으로 어떻게 내려가죠?"

"엘리베이터 통로로 내려가자."

소총에 달린 랜턴으로 주변을 살펴보던 권보라 중사가 외쳤다.

"저기 엘리베이터가 있습니다."

문짝이 떨어져 나간 엘리베이터의 아래쪽을 살핀 성시아 상사가 말했다.

"줄을 잡고 내려가자. 내가 먼저 내려간다!"

소총을 어깨에 멘 성시아 상사가 장갑을 고쳐 끼고 엘리베이터 로프에 매달렸다. 그러고는 곧바로 아래층으로 미끄러져 내려갔다. 2층이라는 숫자가 적힌 곳에서 멈춰 선 성시아 상사는 손을 뻗어 엘리베이터 통로를 빠져나왔다. 뒤따라 내려온 권보라 중사 역시 로프를 흔들어서 밖으로 나왔다. 무릎을 꿇고 주변을 살핀 성시아 상사가 물에 젖은 바닥을 내려다봤다.

"여기 아래층은 물이 들어찬 거 같아."

"보통은 최대한 물에서 지내려고 하지 않는데 말이죠."

권보라 중사의 말대로 물은 지저분해서 몇 시간만 닿아도 피부에 염증이 생겼다. 그냥 마시면 사망할 정도라서 잔류자들도 어떻게든 걸러서 먹으려고 노력했다. 그래서 잔류자들도 최대한 물에서 떨어져 높은 곳으로 가려고 했다. 가까이 있는 것만으로도 위험했기 때문이다. 그런데 바로 물 위에 있는 2층에 누군가 머물고 있고, 그것 때문에 찰리 팀이 중간에 임무가 변경되어 내려왔다는 게 이상했다. 고민에 잠겨 있던 성시아 상사는 무릎을 펴고 앞쪽을 바라봤다. 길고 넓은 통로 중간중간에는 사람이 머물던 흔적들이 보였다. 성시아 상사는 헬멧의 이어폰에 대고 속삭였다.

"찰리 팀! 성시아 상사다. 어디 있는지 위치를 보고하라."

몇 번이고 같은 말을 반복했지만, 아예 대답이 들리지 않았다. 옆에 있던 권보라 중사가 조심스럽게 말했다.

"통신을 아예 끊어 버린 거 아닐까요?"

"작전을 하는데 통신을 끊다니, 말이 돼?"

성시아 상사의 말에 권보라 중사가 어깨를 으쓱했다.

"말이 안 되는 일이 워낙 많이 벌어졌잖아요."

"그래, 그게 뭔지 알아봐야겠어. 그리고 그 일을 저지른 놈 대가리를 깨 버려야지."

전술 랜턴으로 앞쪽 바닥을 비춰서 부비 트랩이 없는지 확인해 봤다. 아무것도 없는 것을 확인한 성시아 상사가 앞쪽으로 조심스레 걸어갔다. 뒤따르던 권보라 중사가 속삭였다.

"아무 소리도 안 들려요."

"그러게. 아직 교전이 끝난 건 아닐텐데……."

다행히 찰리 팀의 흔적은 곧바로 나왔다. 물에 젖은 전술용 부츠의 발자국이 보인 것이다.

"이쪽이야."

앞장선 성시아 상사가 전술 랜턴으로 발자국을 비추면서 움직였다. 옆으로 휘어진 긴 통로 곳곳에 예전 식당 간판들이 보였다. 권보라 중사가 부서진 식당을 보며 중얼거렸다.

"예전에는 이런 곳에서 돈을 내고 식사를 할 수 있었던 거죠?"

"응, 그렇게 들었어."

"먹고 싶은 걸 마음대로 먹을 수 있다니, 참 부럽네요."

"우린 그나마 나은 거지. 수용소에서는 하루에 한 끼 먹기도 힘들어."

식량 배급은 차츰 줄어드는 중이었다. 권보라 중사가 살짝 짜증난 목소리로 말했다.

"그 와중에 정부는 뭘 연구하는지도 모르겠고 말이죠."

말을 내뱉은 권보라 중사는 아차 싶었는지 손으로 입을 가렸다. 하지만 같은 심정이었던 성시아 상사는 개의치 않았다.

"나도 같은 생각이야. 어서 가자."

성시아 상사와 권보라 중사는 식당가 통로를 지나서 천천히 전진했다. 구멍이 뚫린 바닥을 통해 바로 아래까지 차오른 물이 보였다. 어둠 속이었지만 혼탁한 황토색 물빛이 선명하게 보였다.

구멍에 빠지지 않기 위해 조심스럽게 지나가던 둘은 거대한 광장 같은 공간에 도달했다. 바닥과 벽은 대리석 타일로 되어 있었는데 크고 작은 금이 나 있었지만 움직이는 데는 별문제가 없었다. 조심스럽게 걷던 성시아 상사는 갑자기 주먹을 들고 걸음을 멈췄다.

"무슨 소리 들리지 않아?"

"네, 전기가 돌아가는 소리 같은데요?"

"여기에 전기를 돌릴 만한 장치가 있을 것 같지는 않은데?"

"당연하죠. 태양열 패널이나 전선 같은 게 없었어요."

"대체 뭐가 있는 거야?"

짜증과 불안감이 든 성시아 상사는 가볍게 혀를 차고는 앞으로 걸어갔다. 광장 같은 넓은 공간을 거의 절반쯤 가로질러 갈 즈음, 총성이 들렸다. 기둥 뒤에 숨은 성시아 상사는 조심스럽게 전술 랜턴을 앞쪽으로 비췄다.

"벽 같은데?"

권보라 중사 역시 같은 방향을 바라보면서 고개를 갸웃거렸다.

"맞아요. 원래 있던 벽이 아니라 나중에 쌓은 거 같아요."

"우리가 쓰는 총에서 나는 소리지?"

"네."

"찰리 팀이 저기 있는 거 같아. 가 보자."

권보라 중사가 소총을 겨눈 채 고개를 끄덕거렸다. 심호흡을 한 성시아 상사는 천천히 앞쪽으로 향했다. 전술 랜턴에 비친 벽은 부서진 대리석 파편과 집기 같은 것으로 쌓은 바리케이드 같은 것이었다. 그 뒤에는 철문이 보였는데 앞선 것들과는 달리 철판 같은 것으로 보강되어 있었다. 철문에는 손잡이와 주변이 부서진 흔적이 있었는데, 특수 진압대가 사용하는 폭약의 전선 조각이 떨어져 있는 게 보였다. 오배일 중사에게 건네받은 산탄총으로 바꾼 성시아 상사가 조심스럽게 안쪽으로 철문을 밀었다. 어둠을 예상했지만 천장에 램프가 설치되어 있는 게 보였다. 놀란 권보라 중사가 위쪽을 쳐다보면서 중얼거렸다.

"뭐가 어떻게 돌아가는 겁니까?"

"일단 조심히 진입해. 비상 연락망을 안 켠 거 보니까, 위급한 상황은 아닌 거 같은데 말이야."

"네."

둘은 조명이 켜진 복도를 천천히 걸어갔다. 10미터쯤 걷자 다른 문이 보였고, 문 앞에 서 있는 찰리 팀이 보였다. 산탄총을 내려놓은 성시아 상사가 외쳤다.

"찰리 팀! 성시아 상사다!"

뒤를 돌아 본 찰리 팀의 팀장인 백인애 중사가 헬멧을 벗었다.

"여긴 어떻게 오신 겁니까?"

"통신이 끊겨서 왔어. 위층에 있던 알파 팀은 잔류자들이 저항하는 바람에 부상자가 발생했어."

"정말입니까? 투입 도중에 강 대위님이 2층으로 내려가라고 해서 이동했습니다."

"통신을 끊은 것도 강 대위 지시야?"

"네. 목표 지점에 도착할 때까지 통신을 끊으라는 지시를 나중에 받았습니다."

"그 목표 지점은?"

백인애 중사는 대답 대신 철문을 가리켰다.

"꼼짝도 안 해서 폭파하려고 했는데 폭약이 불량이라 안 터졌습니다."

"비켜 봐."

들고 있던 산탄총의 펌프를 당긴 성시아 상사가 다가가 철문의 경첩에 발사했다. 요란한 총성과 함께 산탄을 맞은 경첩이 힘없이 떨어져 나갔다. 마지막 경첩까지 날려 버린 성시아 상사가 발길질을 했다. 하지만 발길질 한 번에 문짝이 떨어져 나가지는 않았다. 화가 난 성시아 상사가 다시 발길질을 하며 소리쳤다.

"대체 뭐가 있어서 이런 짓을 한 거야?"

"모르겠습니다. 내부에 진입해서 안에 있는 인원을 생포해 끌고 나오라는 지시뿐이었습니다."

대답을 듣고 더 열받은 성시아 상사가 계속 발길질을 하자 결국 철문은 안쪽으로 넘겨졌다. 자욱한 먼지와 함께 쓰러진 철문을 밟고 안으로 들어선 성시아 상사가 산탄총의 펌프를 당기면서 주변을 살폈다. 천장에는 전선으로 연결된 전등들이 어렴풋하게 불빛을 내뿜었고, 안쪽에는 기계 돌아가는 것 같은 일정한 소리가 났다. 뒤따라 들어온 권보라 중사가 전술 랜턴으로 이리저리 살펴봤다. 곧이어 믿을 수 없다는 표정으로 중얼거렸다.

"이게 다 뭐지?"

권보라 중사의 말대로 철문 안쪽은 거대한 실험실처럼 보였다. 금속으로 된 탱크에서는 수증기가 계속 뿜어져 나왔고, 코를 찌르는 약품 냄새도 느껴졌다. 뒤따라 들어온 백인애 중사 역시 놀라기는 마찬가지였는지 이리저리 살펴보다가 말했다.

"어, 레이저 절단기가 왜 여기 있지?"

알 수 없는 기계들을 지나 안쪽으로 들어가자 환한 빛이 보였다. 침대 같은 게 있었고, 수염이 난 젊은 남자가 알몸으로 벨트에 묶인 채 누워 있었다. 산탄총을 겨눈 성시아 상사가 다가가다가 인기척을 느꼈다. 걸음을 멈춘 성시아 상사가 바라보자 어둠 속에서 누군가 구부정한 모습으로 걸어 나왔다. 그는 성시아와 부하들을 무시하고는 침대 쪽으로 다가가 손을 위로 뻗어 기계 장치 같은 걸 끌어내렸다. 커다란 집게와 톱날 같은 게 여러 개 달려 있었다.

"뭐 하는 거야?"

성시아 상사가 중얼거리는 와중에 침대 위에 있던 기계 장치에서 가스 같은 게 흘러나왔다. 냉각용 가스 같은 것인지 침대에 누워 있던 수염이 난 남자의 얼굴과 몸은 삽시간에 얼어붙었다. 가스가 멈추고 나자 거대한 톱날이 돌았다. 섬뜩한 소리를 내며 회전하는 톱날은 누워 있는 남자에게 다가갔다. 지켜보던 성시아 상사가 소리쳤다.

"특수 진압대다. 당장 멈춰!"

구부정한 남자는 들은 척도 하지 않고 톱날을 누워 있는 남자의 목에 갖다 댔다. 삽시간에 피가 사방으로 튀었다. 특수 진압대로 활동하면서 처참한 광경을 수없이 많이 봤지만, 톱날로 사람의 목을 자르는 건 처음이었다. 살짝 눈을 돌렸던 성시아 상사가 산탄 총을 천장에 발사했다.

"멈추라고!"

"이걸 멈출 수 있는 사람은 없어."

구부정한 남자는 쏟아지는 피를 몸으로 그대로 맞으면서 외쳤다. 뒤도 돌아보지 않고 외친 구부정한 남자는 손을 위로 뻗어 기계 장치를 조작했다. 그러자 반원형의 레이저 절단기가 가동되었다. 푸르스름한 빛을 내뿜은 레이저 절단기는 반쯤 잘린 남자의 목으로 파고들었다. 살이 썰리는 섬뜩한 소리와 함께 남자의 목은 완전히 잘려 나갔다. 떨어져 나간 남자의 머리는 침대 위에 있던 기계 장치에 딸린 유리관 안으로 들어갔다. 푸른 용액이 담긴 유리관 안에 들어간 남자의 머리는 마치 살아 있는 것처럼 눈을 깜빡거리고 입을 뻐끔거렸다. 너무나 기괴하고 이상한 모습에 백인애 중사가 고개를 돌리고 헛구역질을 했다. 구부정한 남자는 그런 반응에 개의치 않고 바쁘게 움직였다. 침대 위의 기계에서 뽑아낸 호스 같은 걸 목이 잘린 몸통에 꽂은 후 반응을 살폈다. 지켜보던 성시아 상사는 순간 뭔가를 깨달았다.

"피가 적게 나와."

보통 목이 잘리면 엄청나게 많은 피가 나와야만 했다. 그런데 침대에 누워 있던 남자는 목이 잘렸음에도 생각보다 적은 피를 흘렸다. 옆에서 보던 권보라 중사가 속삭였다.

"머리가 없는 몸에 피를 수혈하고 있어요."

지켜보던 성시아 상사는 헛구역질을 간신히 그친 백인애 중사에게 말했다.

"강 대위랑 통신 연결해서 보고해. 이상한 놈을 발견했다고."

"알겠습니다."

"제대로 설명하지 않으면 저 놈 머리통을 날려 버린다고 해."

"잠시만 기다려 주십시오."

백인애 중사가 보고를 하는 사이에 성시아 상사는 침대 쪽으로 걸어갔다. 발자국 소리가 다가오는 와중에도 구부정한 남자는 여전히 뒤를 돌아보지 않았다. 그 남자의 뒤통수에 산탄총의 총구를 갖다 댄 성시아 상사가 거칠게 외쳤다.

"어이! 아저씨, 천천히 손들고 뒤로 돌아서."

하지만 구부정한 남자는 전혀 신경 쓰지 않고 계속해서 손을 놀렸다. 곽보라 중사의 말대로 목이 잘린 남자의 몸통으로 피가 계속 수혈되는 중이었다. 유리관에 담긴 머리는 눈을 감았다. 그쪽을 바라보던 성시아 상사에게 구부정한 남자가 말했다.

"죽은 게 아니야. 잠들었을 뿐이지."

구부정한 남자의 말에 성시아 상사는 코웃음을 쳤다.

"죽으면 잠든 것이긴 하지. 목이 잘렸는데 죽지 않았다는 게 말이 돼?"

"인간의 머리를 절단해서 원숭이나 다른 인간의 몸통에 이식하는 실험은 2백 년 전부터 시도되었지."

"무슨 소리야?"

성시아 상사의 대꾸에 구부정한 남자는 비웃는 듯한 웃음소리를 냈다.

"다들 그런 반응을 보여. 인간이 머리와 몸통이 분리되면 죽는다고 말이야. 하지만 인간의 신체는 신비한 존재야. 그리고 과학은 그걸 증명해 낼 열쇠지."

구부정한 남자의 말에 반박하려던 성시아 상사는 잘린 머리가 든 유리관이 기계 팔을 통해 위로 올라가는 걸 봤다. 칸막이 같은 곳에 들어갔는데, 그 주변으로 잘린 머리가 든 유리관들이 주르륵 진열되어 있었다. 예상치 못한 광경에 놀란 성시아 상사는 입을 다물지 못했다.

"미, 미친."

"미쳤지. 인간들은 모두 미쳤어. 그래서 하나뿐인 지구를 제 손으로 망가뜨려서 스스로 멸종의 길을 향해 가고 있지."

구부정한 남자가 갑자기 미친 듯이 목소리를 높였다. 그리고 천천히 그녀를 향해 돌아섰다. 머리카락이 듬성듬성한 머리와 검은 반점으로 가득한 얼굴이 드러났다. 피부는 쪼글쪼글해서 엄청나게 늙어 보였다. 눈빛은 역시 광기로 가득 차 있었다. 성시아 상사를 올려다보던 구부정한 남자가 소리 없이 웃었다.

"이번 실험체가 199번째야. 점점 더 성공에 가까워지고 있지. 나는 인류를 구원할 신이 된 거지. 시아야."

상대방이 자신의 이름을 말하자 성시아 상사는 깜짝 놀랐다.

"당신 누구야!"

한 걸음 다가온 구부정한 남자는 성시아 상사의 손을 잡았다.

"어릴 때 봤을 때는 참 조그마했는데 벌써 다 컸구나."

성시아 상사는 비로소 그가 누군지 알아챘다.

"아, 아버지."

몸이 휘청거릴 정도로 충격을 받은 성시아 상사를 권보라 중사가 부축했다.

"상사님!"

그때, 뒤쪽에서 강 대위의 목소리가 들렸다.

"다들 멈춰."

뚜벅뚜벅 걸어 들어온 강 대위가 방금 성시아 상사와 얘기를 나누던 구부정한 남자에게 다가갔다. 그리고 절도 있게 경례를 했다.

"성명진 박사님. 강진호 대위입니다. 박사님을 모셔 오라는 정부의 명령을 집행하기 위해 찾아왔습니다."

"쫓아낼 때는 언제고?"

심드렁하게 대꾸한 성명진 박사에게 강진호 대위가 정중하게 대답했다.

"상황이 바뀌었습니다. 그동안 박사님의 연구를 막았던 법안이 이번에 폐지되었고, 반대하던 의원들도 물러났습니다."

대답을 들은 성명진 박사는 방금 전 남자의 목을 자른 침대를 가리켰다.

"옮겨야 할 게 많아."

"대형 헬기를 준비했습니다. 원하시는 모든 걸 옮겨 드리고 더 좋은 환경에서 연구할 수 있도록 정부에서 지원을 아끼지 않겠습니다."

잠깐 고민하던 성명진 박사가 고개를 끄덕거렸다.

"모두 옮겨 주게. 그리고 여기 있는 잔류자들은 쫓아내거나 수용소에 가두지 말고 지원해 주도록 하게."

"어차피 이번 작전의 목표는 박사님을 모시는 것이었습니다. 예상보다 저항이 심해서 당황하긴 했지만요."

"쫓아낸다고 생각했던 모양이야."

얘기를 나눈 강진호 대위가 돌아서서 부하들에게 지시를 내렸다.

"박사님의 지시대로 연구 시설들을 옮긴다. 사소한 것 하나도 빼놓지 말고."

지시를 내린 강진호 대위가 충격에서 헤어 나오지 못한 성시아 상사를 쏘아 봤다.

"명령 불복종에 상관 모욕이 어떻게 처벌받는지 알지?"

"네."

시무룩해진 성시아 상사의 대답에 강진호 대위가 말했다.

"그리고 이번 작전에서 상사를 왜 뺐는지 이해했나?"

"물론입니다."

"상황이 상황이니만큼 본대로 복귀해서 처벌에 대해 논의하겠다. 무장을 풀고 본대와 함께 이동한다."

말을 마친 강진호 대위가 돌아섰다. 한숨을 내쉰 성시아 상사는 들고 있던 소총과 산탄총을 권보라 중사에게 건넸다.

정부에서 보낸 대형 헬기 여러 대가 롯데백화점 에비뉴엘 잠실점의 옥상에 착륙했다. 대형 기계들이 옥상부터 2층까지 구멍을 뚫고 로프를 내려서 무거운 연구 시설, 잘린 머리들과 몸통들을 옮겼다. 운반이 가능한 장비들은 대원들이 손으로 들고 계단으로 올라왔다. 뒷짐을 진 성명진 박사는 말없이 지켜보다가 마지막 장비까지 옮기는 것을 보고 나서야 헬기에 올라탔다. 우연찮게도 성시아 상사 역시 그 헬기를 탔다. 서로 마주보는 자리에 앉은 둘은 한동안 말이 없었다. 지켜보던 권보라 중사도 불편했는지 장비 점검을 한다는 핑계로 자리를 떴다. 시끄러운 로터 소리에 익숙해질 무렵, 성시아 상사가 물었다.

"그동안 쭉 여기서 지내신 건가요?"

"인체 절단 연구가 금지된 후에 곧바로 이곳으로 왔지. 다행히 내 연구를 지지해 주는 정치인들이 연구를 계속할 수 있도록 지원해 줬단다."

"왜 저랑 엄마한테는 아무 말도 하지 않고 떠나신 거예요?"

"따라올까 봐. 연구에 방해도 되고."

기침을 하느라 말이 끊겼던 성명진 박사가 대답했다.

"네 어머니 건강이 좋지 않아서 말이야."

"어머니는 3년 후에 돌아가셨어요. 돌아가실 때까지 아버지를 찾았고요."

"미안하지는 않다. 내가 해야 할 일을 하는 것뿐이니까 말이다."

"그 연구라는 게 사람 목을 절단해서 머리를 유리관 안에 넣는 건가요?"

딸의 비난에 성명진 박사는 창밖을 바라보았다.

"여기는 예전에 서울이라고 불렸던 도시였단다."

"알고 있어요."

"22세기에 접어들면서 지구는 연거푸 재난을 겪게 된단다. 전염병부터 시작해서 기후 악화로 인해 태풍을 비롯한 이상 기후들이 발생했지. 식량과 에너지가 부족해지기 시작했고. 그래서 곳곳에서 전쟁이 벌어졌어."

"그것도 알고 있어요."

"알고 있는 것보다 훨씬 더 참혹했을 거야. 결국에는 강대국들까지 전쟁을 시작했고, 당시 사람들은 그걸 제3차 세계대전이라고 불렀지. 강대국들은 전쟁이 생각대로 풀리지 않자 핵무기를 쏘아대기 시작했어. 결국 수뇌부들이 있던 벙커가 핵무기에 날아가면서 전쟁은 자연스럽게 끝이 났지. 그리고 본격적인 재앙이 밀어닥쳤단다."

성명진 박사는 착잡한 표정으로 물속에 잠겨 있는 서울을 내려다보았다. 한때 천만의 인구가 살았다는 서울은 물에 잠겨 빌딩 몇 개와 산자락들만 보였다. 생각에 잠겨 있던 성명진 박사는 아무 말 없이 자신을 바라보는 성시아에게 얘기를 이어갔다.

"진정한 재난은 그때부터 시작이었지. 핵으로 인해 파괴된 지구가 본격적으로 망가지기 시작했으니까. 심하게 오염된 물은 사람이 마실 수 없게 되었고, 물고기도 살지 못했지. 거기다 빙하가 녹으면서 지표면이 물에 잠겨 사람들은 삶의 터전을 잃었고. 제3차 세계대전이 끝나고 나서도 수많은 사람들이 죽어 나가게 되었지. 인류는 스스로 지구를 망가뜨리고 말았어."

"그래서 그것과 아버지의 연구가 무슨 연관인데요? 멀쩡한 사람의 목을 자르는 게 인류를 구원할 길인가요?"

성시아의 비아냥 섞인 질문에 성명진 박사는 설명하기 어려운 복잡한 표정을 지었다.

"처음에는 다들 너처럼 얘기했지. 하지만 이제 남은 희망은 그것밖에 없구나. 기쁘기도 하고, 슬프기도 해."

그 말을 마지막으로 성명진 박사는 입을 다물었다. 불편해진 성시아 역시 더 이상 묻지 않고 시선을 돌렸다. 한참을 날아간 대형 헬기는 대한민국의 임시수도인 태백산 중턱에 내렸다. 육지의 나무들은 이미 빠짐없이 벌채가 된 상태였다. 나무가 사라진 산 중턱에는 오래전에 지은 천문대가 보였다. 정부 청사로 사용 중이었는데 돔 위쪽으로 대형 태극기가 펄럭거렸다. 대형 헬기가 천문대 옆에 있는 헬리포트에 착륙하려고 하자, 바깥을 내다본 성명진 박사가 중얼거렸다.

"저 위쪽이 우주선 발사대인가 보구나."

"네. 새로 개발한 로켓을 테스트 중이에요. 노아라고 이름을 지었어요."

"방주 같은 존재로 만들 생각이군."

성명진 박사의 의미심장한 말을 이해하지 못한 성시아는 입을 다물었다. 옆에 앉아 있던 권보라 중사가 아래쪽 헬리포트를 보더니 갑자기 호들갑을 떨었다.

"우와! 대통령부터 정부 각료들이 다 나와 있어요. 이런 적은 처음인데……."

대형 헬기가 헬리포트에 착륙하고 후방의 게이트가 열리자 성명진 박사는 벌떡 일어나 성큼성큼 내려갔다. 그러자 헬기의 로터에서 내뿜는 바람을 견디고 있던 대통령과 정부 각료들이 다가와 악수를 청했다. 바로 옆에 선 성시아는 양쪽의 대화를 들을 수 있었다. 악수를 청한 대통령이 침통한 말투로 얘기했다.

"이난하 박사의 해양 담수화 계획이 실패로 돌아갔습니다."

"제가 실패한다고 말씀드리지 않았습니까?"

성명진 박사가 혀를 차며 말하자 대통령이 머쓱한 표정으로 대꾸했다.

"당시 상황이 도저히 박사님의 연구를 지원해 줄 상황이 아니었습니다."

"지금은 달라졌습니까?"

정중하게 옆으로 비켜선 대통령이 말했다.

"아주 많이 달라졌지요. 가면서 얘기 나누시죠."

성명진 박사는 아무 말 없이 걸었고, 대통령은 보조를 맞춰 걸었다. 같이 마중을 나온 정부 각료들은 몇 걸음 떨어져서 걸었다. 성시아는 적당히 빠지려고 했지만 성명진 박사가 조용히 팔을 잡아끄는 바람에 권보라 중사와 헤어진 채 끌려가고 말았다. 헛기침을 한 대통령이 말했다.

"미국과 유럽 연합이 최종 결정을 내렸습니다. 노아 프로젝트를 진행하기로 말입니다."

"우리도 참여합니까?"

"당연하지요. 하지만 현재로서는 참여할 만한 명분이 부족합니다. 로켓도 많이 띄울 수 없고, 물자도 부족한 상태니까요. 이제 남은 희망은 박사님밖에 없습니다."

"시간은 얼마나 남았습니까?"

잠시 생각하던 대통령이 손가락을 두 개 정도 펼쳤다.

"길어 봤자 2년입니다."

"시간이 많이 부족하군요. 추방된 이후에도 지원을 해 준 덕분에 연구를 계속할 수 있긴 했지만, 여러모로 빠듯했습니다."

"좀 더 신경을 썼어야 했는데, 부족했습니다. 정부가 총력을 기울여 지원해 드리겠습니다. 뭐든 말씀만 하십시오."

걸음을 멈춘 성명진 박사가 따라오던 성시아를 힐끔 바라보았다.

"일단 조수가 하나 필요합니다. 그리고 나노 머신 생성기는 아직 사용 가능합니까?"

"두 대는 고장 났지만 한 대가 남아 있습니다."

"생명 유지 장치를 테스트하려면 필요한 게 많습니다."

"최대한 조달하고, 없으면 미국이나 유럽연합에 요청해서 받도록 하겠습니다. 예전에 쓰시던 인체 공학 연구소를 다시 오픈했습니다. 장비들도 다 세팅했으니까 바로 시작하시면 됩니다."

"알겠습니다. 제 조수와 연구소에서 따로 얘기를 나눠도 되겠습니까?"

"그러시지요. 연구소는 어딘지 아시죠?"

"물론입니다."

"저녁 때 식사를 같이 하셨으면 합니다만."

"일단 연구소를 점검해 보고 답변을 드릴 수 있겠습니다."

"알겠습니다. 시간에 맞춰 비서를 보내겠습니다. 편하게 말씀해 주십시오."

대통령이 걸음을 멈추자 따라오던 정부 각료들도 일제히 걸음을 멈췄다. 그리고 일제히 고개를 숙여 인사를 했다. 예절보다는 절박함이 더 깊이 느껴지는 인사를 뒤로 한 채, 성명진 박사는 천천히 걸어갔다. 뒤에서 따라가던 성시아는 참았던 궁금증을 풀기 위해 질문했다.

"이렇게 정중하게 모시는데 정부에서는 왜 우리 팀을 투입한 겁니까?"

"복귀하라는 요청을 무시했거든."

"뭐라고요?"

"10년 전에는 눈도 깜짝하지 않고 내쳤던 놈들이야. 자기네들이 급하다고 다시 불렀지만, 진심인지 아닌지 알 수 없었다. 그래서 복귀하라는 요청을 무시했고, 진압대가 올 것 같아서 잔류자들에게 최대한 막으라고 말했다."

대수롭지 않게 대답하는 아버지를 본 성시아는 화가 났다.

"아버지 때문에 제 부하가 거의 죽을 정도로 다쳤습니다. 잔류자들도 여럿 죽고 다쳤고요."

"덕분에 대통령이 저렇게 납작 기고 있잖아. 어차피 내가 하는 연구는 모두에게 손가락질을 받고 있어."

"당연하죠. 산 사람의 목을 자르는 일을 누가 좋아하겠어요."

"그래서 피도 눈물도 없이 밀어붙여야 한단다. 우리에게는 시간도, 기회도 없으니까 말이야."

얘기를 주고받는 동안 천문대에 딸린 부속 건물에 도착했다. 늘 잠겨 있던 2층 건물 앞에는 특수 진압대 출신의 병사가 경계를 서고 있었다. 두 사람이 다가오는 것을 본 병사가 경례를 하고는 옆으로 물러났다. 성명진 박사는 문 옆에 달린 생체 출입기에 손가락을 가져갔다. 잠시 후 "삐빅" 소리와 함께 문이 열렸다. 센서가 장착되어 있었는지 안으로 들어가자 불이 환하게 켜졌다. 거대한 공간에는 처음 본 연구 시설들이 즐비하게 늘어 서 있었다. 가장 먼저 구석에 있는 대형 머신 쪽으로 걸어갔다. 익숙한 손놀림으로 전원을 켠 성명진 박사는 콘솔을 살펴보고는 흡족한 표정을 지었다.

"관리는 잘해 놨군."

그걸 시작으로 쭉 돌아다니면서 새로 가동된 기계들을 살펴보았다. 성시아는 가운데 서서 팔짱을 낀 채 그 모습을 지켜보았다. 점검을 마친 성명진 박사는 성시아를 바라보며 말을 건넸다.

"궁금한 게 많은 표정이구나."

"맞아요. 우리를 버리고 떠난 사이에 무슨 연구를 한 거예요?"

"연구 자체는 떠나기 전부터 했었다. 다만 극비로 진행한 거라서 아무에게도 얘기할 수 없었던 거지. 가족들한테도."

"대체 목을 분리하는 미친 짓을 왜 연구하는 거죠?"

"아까 '노아 프로젝트'에 대해 들었지?"

"네."

"4광년을 가야 한다."

뜬금없는 아버지의 말에 성시아가 되물었다.

"어디로요?"

"프록시마 행성계의 프록시마b 행성. 지구와 환경이 비슷해서 인류가 별다른 준비 없이 거주할 수 있단다."

"거기까지 가야 한다고요?"

"지구는 이미 끝장났어. 해양은 오염되었고, 해양생물의 98퍼센트가 사라졌지. 토질 역시 오염도가 높아서 농사를 짓는 게 날이 갈수록 어려워지고 있다. 식량과 물이 부족하고 인구가 지속적으로 줄어들고 있어. 이제 유일하게 남은 방법은 지구를 탈출해서 우주의 다른 지구로 가는 것뿐이야."

"달이나 소행성 지대로 갈 수도 있잖아요."

"인간이 우주에서 지내려면 물과 공기를 만들어야 하는데, 거기엔 막대한 에너지가 필요해. 그쪽은 진즉 실효성이 없는 쪽으로 결론이 났다. 문제는 지금 기술로 4광년이나 떨어진 곳으로 가려면 스타샷 플랜을 이용한다고 해도 20년은 걸린다는 거야."

"20년이나 걸린다고요?"

고개를 끄덕거린 성명진 박사가 대답했다.

"인간이 20년 동안 필요한 식량과 물은 아무리 적게 잡아도 컨테이너 하나 정도가 필요하단다. 거기다 거주할 공간도 확보해야 하지. 우주선을 굉장히 크게 만들어야 해. 그러면 속도가 느려지고 여러 가지 문제가 일어날 확률이 높아져. 아마 잔뜩 욱여넣어 보낸다고 해도 중간에 문제가 생기고 말 거야. 비슷한 일이 해저에서 생긴 적이 있었어."

"해저요?"

"베른 프로젝트라고, 마리아나 해구에 해저 기지를 만들려고 한 적이 있었지. 모든 게 완벽했지만 2주 만에 기지가 파괴되고 대원들은 모두 몰살당했어."

"무슨 사고가 났던 건가요?"

"좁고 밀폐된 기지 안에서 대원들이 못 견딘 거야. 그래서 갈등이 일어났고, 한 명이 밸브를 여는 바람에 기지가 파괴되었지. 엄선된 대원들도 좁은 공간이 주는 공포감을 이기지 못했어. 특단의 대책이 필요했고, 그게 내 연구의 시작이었단다."

무뚝뚝하게 말을 마친 성명진 박사는 맨 처음 점검한 대형 머신 쪽으로 걸어갔다. 이번에는 성시아도 따라서 걸어갔다. 성명진 박사가 버튼을 누르자 가운데가 열리면서 거대한 유리관이 모습을 드러냈다. 버튼 옆의 레버를 내리자 안쪽에 푸르스름한 안개 같은 것이 퍼지면서 작은 소리가 들렸다.

"이게 뭐죠?"

"눈에 보이지 않는 작은 나노 머신이다. 이걸로 인공 육체인 의체를 만들 거다. 티타늄과 단백질, 그리고 인공 배양된 장기로 말이다."

"의체요?"

"내 연구의 핵심은 두 가지야. 하나는 헤드를 안전하게 절단해서 생명을 유지하는 거고, 그렇게 분리된 헤드를 인공적으로 만들어진 의체에 결합시키는 거지."

"왜 그렇게 해야 하는데요?"

"방금 얘기했잖아. 20년 동안 갈 수 있는 가장 효율적인 방법이라고."

성명진 박사의 대답에 성시아는 비로소 의도를 알아차렸다.

"머리만 우주로 보낼 생각인 건가요?"

성시아의 물음에 성명진 박사는 유리관을 돌아보며 대답했다.

"생명 유지 장치에 들어간 상태라면 식량이나 물이 필요 없어. 최소한의 영양분만 공급해 주면 되니까. 거기다 좁은 공간에서 오는 스트레스를 받을 필요도 없고, 팀원끼리 갈등을 일으킬 일도 없지. 그야말로 완벽한 해결책이 될 거야."

"아버진 미쳤어요. 머리만 살려서 20년 동안 우주 비행을 시키겠다고요?"

"프록시마b로 가지 않으면 인류는 지구와 함께 사라질 거야."

"머리만 가면 성공할 수는 있고요?"

"부피를 줄이면 성공 확률이 높아지니까. 의체는 이 나노 머신만 싣고 가서 거기서 만들게 될 거야. 그야말로 인류를 구원할 완벽한 해결책이지."

조용히 얘기를 듣던 성시아가 중얼거렸다.

"아버지가 사라진 후, 어머니에게 아버지가 어떤 사람인지 물어봤죠. 어머니의 대답은 항상 똑같았어요. 아버지는 '미친 사람'이라고 했어요."

"나는 인류를 구원할 의무를 짊어지고 있어. 가족이나 인정 같은 건 걸림돌일 뿐이지."

미친 사람처럼 중얼거리는 아버지를 보면서 성시아는 마음속으로 결심했다. 허벅지에 차고 있던 권총에 손을 대려는데, 갑자기 문이 열리는 소리가 들렸다. 조심스럽게 돌아보자 권보라 중사가 들어오는 게 보였다. 놀란 성시아가 물었다.

"무슨 일이야?"

"어? 상사님이 호출하신 거 아닙니까?"

성시아가 권보라 중사에게 대답하려는 찰나, 아버지의 목소리가 귀를 파고들었다.

"실험을 위해서는 적당한 실험체가 필요해. 강인하고 책임감이 강한 존재. 주로 군인들이지."

"아버지!"

놀란 성시아가 돌아서면서 외치자, 성명진 박사가 어깨를 으쓱거렸다.

"미안하다. 이해해다오."

성시아는 서둘러 권총을 뽑았다. 하지만 방아쇠를 당기기 전에 나노 머신 쪽에서 발사된 전기파에 맞아 그대로 쓰러졌다. 보이지는 않았지만, 권보라 중사 역시 전기파에 맞고 쓰러진 것 같았다. 꼼짝 못하고 있던 성시아에게 다가온 아버지가 말했다.

"정부에서 건네준 최종 실험 명단에 너랑 권 중사가 포함되어 있더구나. 아까 작전에서 널 일부러 뺀 것도 최종 테스트였어."

"테, 테스트요?"

"그래, 명령보다 부하들에 대한 책임을 더 중요하게 생각한다면 온갖 고통을 이겨낼 실험체가 될 수 있다고 생각한 거지."

성명진 박사의 얘기 뒤로 발자국 소리가 들렸다. 몸이 들린 성시아는 침대 위에 눕혀졌다. 몸에 벨트가 채워지고 호스가 꽂혔다. 이제 몸부림을 칠 기운조차 남아 있지 않았다. 어느새 수술복을 입은 아버지가 다가왔다. 주위가 점점 어렴풋이 보였다.

"인류를 위한 거룩한 희생이라고 생각해다오."

말을 마친 성명진 박사가 기계를 조작하자, 기계톱 돌아가는 소리가 들렸다. 성시아는 몸에 주입된 약품 때문인지 정신이 희미해져 가는 가운데 성명진 박사의 말을 들었다.

"그래도 넌 내 딸이니까 어떻게 될지 알려주마. 헤드가 절단된 채 생존한다면 너는 노아 1호에 실릴 거다. 실험용 우주선으로 헤드들이 프록시마b로 무사히 갈 수 있는지를 입증하겠지. 물론 나는 자신 있어. 그러니까 나를 믿어라, 딸아."

마지막 남은 희미한 빛이 사라지고 어둠이 찾아왔다. 복잡한 기계음과 레이저의 징징거리는 소리가 어둠을 뚫고 들려왔다.

몸통과 분리된 성시아의 헤드는 유리관에 담겨 연구실의 한쪽 벽에 진열되었다. 놀랍게도 의식이 남아 있었고, 눈으로 주변을 볼 수도 있었다. 끔찍하게도 바로 옆에 놓인 유리관 안에는 권보라 중사의 헤드가 들어 있었다. 성시아는 눈을 깜빡거리는 것으로 모스 부호를 보냈다. 미안하다는 내용이었는데, 이에 권보라 중사의 헤드는 괜찮다는 눈 깜빡거림으로 모스 부호를 표시했다. 그

후로도 계속 헤드들이 유리관 안에 들어간 채 쌓여 갔다. 그중에는 아는 얼굴도 보였다. 헤드들은 생명 유지 장치가 연결되어 있었지만 여러 가지 이유로 생존하지 못하는 경우가 많았다. 그래서 헤드가 든 유리관들은 계속 교체되었다. 나중에는 둘을 포함해서 열 개 정도만 남게 되었다. 둘은 그 와중에도 눈을 깜빡거리는 것으로 이야기를 주고받았다. 몇 개의 헤드가 더 치워진 후, 성시아가 권보라에게 말을 건넸다.

- 얼마나 시간이 지났을까?
- 모르겠어요. 문을 열 때 계절을 보니까, 3번 정도 바뀐 거 같아요.
- 최소 9개월에서 1년이네.
- 조만간 변화가 있을 거 같아요.
- 변화?
- 네. 얼마 전 연구원들의 대화하는 입 모양을 봤는데 '출발'이라고 했어요.
- 드디어 가는구나.

연구실 문이 열리고 사람들과 기계들이 들어왔다. 앞에 있던 대형 나노 머신이 옆으로 치워지고, 그녀와 권보라를 비롯한 헤드들이 차례차례 기계 안에 있는 냉동 보관 장치로 보이는 곳에 들어갔다. 옆으로 눕혀지면서 더 이상 권보라의 헤드와 대화하는 건 불가능해졌다. 마음속으로 작별을 고한 성시아는 눈을 감았다. 움직임이 느껴지면서 다시 잠이 밀려왔다.

그녀가 잠에서 깨어난 건 진동 때문이었다. 헤드가 들어간 유리관은 똑바로 세워졌는데, 주변은 어둠에 싸여 있었다. 진동이 멈추고 눈앞에서 빛이 켜졌다. 랜턴을 든 성명진 박사였다. 복잡 미묘한 눈으로 성시아의 헤드를 바라보던 성명진 박사가 입을 열었다.

"의식은 있으니까 들리는 걸로 믿고 얘기하마. 너는 몇 시간 후에 노아 1호 로켓에 실려서 프록시마b 행성으로 갈 거다. 그곳으로 가는 일곱 개의 헤드 중 하나가 되는 거지."

자신의 운명을 들은 성시아는 아버지를 올려다보았다. 아버지는 착잡한 표정으로 말을 이어갔다.

"노아 1호의 목표는 거기에 도착하는 것이다. 그 후에는 아무것도 없어."

어느 정도 예상은 했지만 막상 얘기를 듣자, 그녀의 마음은 더

없이 복잡해졌다.

"로켓에 예상 밖의 빈 공간이 생겨서 의체 두 개를 실었다. 간이 결합 장치도 넣었고, 프록시마b 행성에 도착하면 작동하도록 세팅했다. 하지만 실제로 작동해서 제대로 결합할지는 모르겠다. 솔직히 말하면…… 성공 확률은 거의 없다."

성명진 박사가 한숨을 쉬고는 얘기를 이어갔다.

"내가 해 줄 수 있는 마지막 선물이다. 오랜 여행, 잘 견디길 바란다."

착잡한 표정의 아버지가 랜턴을 끄자 어둠이 찾아왔다. 얼마 후, 다시 빛이 켜졌을 때 성시아는 바로 옆에 있는 권보라의 헤드를 보았다. 둘을 포함한 일곱 개의 헤드는 낯선 공간에 들어와 있었다. 사방이 복잡한 배선과 생명 유지 장치가 있었다. 밖에서는 로켓의 발사음이 들려왔다. 권보라의 헤드가 눈을 깜빡거리는 것으로 모스 신호를 보냈다.

- 프록시마b로 출발하려나 봐요.
- 그러게. 아주 오래 걸릴 거야.
- 이제 우린 뭘 하죠?

권보라 중사의 물음에 잠시 생각하던 성시아가 대답했다.

– 꿈을 꿔야지.

일단 가즈아

문성진

햇볕이 따뜻하게 내리쬐던 그날 점심시간에도 승민은 매점에 들러 크림빵을 하나 샀다. 점심 식사 후에 먹는 크림의 맛은 도저히 뿌리칠 수 없는 달콤한 유혹이었다. 포장지를 벗기고 빵을 막 베어 물던 순간, 매점 벽에 붙은 포스터가 그의 눈에 들어왔다.

– 방과 후 운동 지도. 하루에 1시간씩 2천 원. 운동을 배우고 싶은 사람은 5시 반까지 동관 1층 체력 단련실로 올 것.

하얀색 종이 위에 붉은색 마커로 요란하게 적힌 포스터 글귀는 필시 승민의 체육 선생이 적어 놓은 것이리라. 평소라면 제대로 읽지도 않고 지나쳤을 테지만, 이번에는 꼭 무언가에 홀리기라도 한 듯 세 줄도 채 안 되는 그 문구가 자꾸만 눈에 들어왔다. 도전하고 싶다는 열정과 귀찮음인지 두려움인지 모를 마음들이 정신없이 뒤섞여 머릿속에서 휘몰아치는 것만 같았다.

'어떡하지? 한번…… 해 볼까?'

"문승민, 너도 생각 있냐?"

승민을 고민의 늪에서 건져낸 건 그다지 달갑지 않은 인물의 익숙한 목소리였다.

"인마, 또 시비 걸러 온 거야?"

딸기우유를 손에 들고 여유로운 미소를 짓고 있는 창준이 승민을 잠시 쳐다보더니 곧 포스터로 눈을 돌렸다.

고등학교에 들어와서 알게 된 이 박창준이라는 녀석과의 악연은 약 3개월 전인 고등학교 입학식 날부터 시작되었다.

"야, 이거 말만 고등학생이지 무슨 꼬맹이가 우리 학교 교복을 입고 다니는 거냐?"

창준의 취미는 승민을 놀리는 것이었다. 창준은 승민이 다니는 가주고등학교에 입학하면서 이 동네로 이사 왔다고 했었다. 녀석에게는 터울이 좀 나는 형이 있었는데, 동네 헬스장에서 트레이너를 한다는 소문이 돌았다.

그래서일까? 창준이는 TV에 가끔 보이곤 했던 보디빌더들처럼 우락부락하지는 않지만 잘 단련된 매끈한 몸을 가지고 있었다. 체력도 좋아서 체육 시간에 축구라도 하는 걸 보면 좀처럼 지치는 기색이 없었다. 승민은 스스로도 확신하지 못하면서 사춘기의 알량한 자존심에 휘말려 곧잘 발끈하곤 했다.

"나 조만간 키 클 거거든? 2학년 때 확 크는 경우도 있댔어."

"퍽이나 그렇겠다. 그거 중학교 때나 통하는 말이야. 우리 지금 고등학생인 거 몰라? 지금까지 안 컸으면 그냥 포기해라."

"키가 전부인 줄 아냐? 그리고 안 큰다고 해도 다른 걸로 커버하면 돼."

창준은 승민의 말에 가소롭다는 듯 어깨를 으쓱거렸다.

"물론 그렇지. 그런데 뭘로 커버하게? 넌 운동도 안 해서 근육질 몸도 아니잖아. 그렇다고 스포츠를 잘하냐, 체력이 좋냐?"

그의 물음에 승민은 아무런 대답도 하지 못했다. 창준의 말이 맞아서라기보다는 승민이 달리 할 수 있는 말이 없었기 때문이다. 창준은 그런 승민을 잠시 내려다보더니, 승민의 머리를 몇 번 쓰다듬고는 지나가 버렸다. 스쳐 지나가는 창준에게서 얼핏 보인 것은 엷은 미소였다.

그때의 기억이 다시 떠오른 승민의 인상은 저절로 찌푸려졌다.

"그냥, 눈 딱 감고 한번 해 보지 그래?"

"뭐?"

"하루 색다른 경험한다 치고 한번 해 보라고. 너도 몸짱 되어 보고 싶지 않아? 키는 마음대로 할 수 있는 게 아니지만, 근육은 원하는 대로 키울 수 있으니까."

"……."

"난 뭐 따로 운동을 하니까 제대로 할 생각은 없다. 그래도 재밌을 거 같으니 오늘 가 보려고. 너도 갈 마음이 아예 없지는 않으니까 이렇게 고민하고 있는 거 아냐?"

'젠장, 또 말문이 막힌다. 이 녀석이랑 대화하다 보면 왜 자꾸 이러지……. 특히 운동에 관한 건 더더욱 그래.'

승민이 아무 대꾸도 하지 못하고 입술만 삐죽 내밀자 창준은 남은 우유를 마저 목구멍에 털어 넣고는 농구공으로 슛을 쏘듯 시원하게 빈 우유갑을 쓰레기통을 향해 던졌다. 보기 좋은 포물선을 그린 우유갑은 쓰레기통 안으로 멋지게 빨려 들어갔다.

"오, 역시! 난 확실히 운이 좋군. 그럼, 먼저 간다. 웬만하면 이따 체육실 앞에서 보자."

점심시간이 끝나려면 아직 시간이 있었다. 승민은 어느새 저만치 멀어진 창준과 눈앞의 포스터를 잠시 번갈아 보다 화단에 털썩 주저앉았다. 결정이 난 것 같으면서도 또 어렵게 느껴지는 마음이 복잡하기만 했다.

몇 시간 후, 승민은 결국 4명의 아이들과 함께 체력 단련실 앞에 섰다. 반 배정을 받은 날, 학교 안내를 받으며 건물 전체를 한 번 둘러본 걸 제외하면 승민은 동관에 와 본 적이 없었다. 익숙하지 않은 공간에 갑작스레 놓인 탓인지 이상하게 긴장이 됐지만, 가만 생각해 보니 그냥 운동 한 번 배우는 것뿐이었다. 승민은 단순히 낯선 장소에서 처음으로 시작하는 웨이트 트레이닝이라 긴장되는 거라고 애써 마음을 가라앉혔다. 그러나 아까 먹은 크림빵이 어쩐지 다 내려가지 않은 것처럼 속이 답답했다. 천천히 심호흡을 하며 가슴을 쓸어내리는데, 창준이 건물의 현관 유리문을 열고 들어왔다. 승민과 마주친 그는 잠시 멈칫하더니 그럴 줄 알았다는 듯 씨익 입꼬리를 올렸다.

"꽤 고민하는 것 같더니만, 결국 왔네?"

"뭐, 운동하는 게 손해는 아니니까."

"큭큭. 그래, 잘 생각했어. 혹시 모르잖아? 의외로 너한테 맞을지 누가 알겠냐."

"진짜 말이나 못하면……."

이런저런 잡담이 이어지던 중 복도 끝에서 쥐색 트레이닝복을 입은 사람이 걸어오는 게 보였다. 1학년 체육 담당 선생님이었다. 승민은 자기도 모르게 주머니에 손을 넣어 꾸깃꾸깃 접힌 천 원짜리 두 장을 꼭 쥐었다.

'제발, 이 결정이 옳았기를!'

"꽤나 모였구나. 반쯤은 아무도 안 올 거라 생각하고 붙인 포스터였는데. 다들 잘 왔다. 여하튼 들어가자."

체육 선생님이 열쇠로 체력 단련실의 문을 열자 기묘한 악취가 안에서 쏟아져 나왔다. 어릴 때 잠깐 다녔던 태권도 도장에서 맡았던 냄새와 비슷했다. 습기 찬 고무 매트리스 냄새, 환기가 잘 이루어지지 않아 땀 냄새가 풀풀 나는 기구 냄새, 알게 모르게 풍기는 쇠 비린내……. 승민이 교복을 입고 나서는 맡아 본 적도, 맡고 싶지도 않은 냄새들이었다. 승민은 반사적으로 인상을 찌푸리며 뒷걸음질 쳤다. 그의 퇴로를 막은 건 창준의 몸이었다.

"들어가야지, 왜 뒷걸음질을 치냐?"

반년 만에 다시 찾은 체력 단련실은 기억보다 넓진 않았지만 있을 건 다 있는 것 같았다. 벽 한 쪽으로 러닝머신 다섯 대가 비치되어 있었고, 반대편 벽에는 무게 별로 아령들이 정리되어 있었다. 문을 마주 보고 있는 벽에는 바벨이 올려진 거치대 두 대가 자리 잡고 있었다. 성큼성큼 중앙으로 걸어간 체육 선생님은 옹기종기 모여 체력 단련실을 둘러보던 아이들을 불러 모았다.

"자, 나를 중심으로 원을 만들어 서 봐라."

주춤주춤, 아이들이 머뭇거리며 선생님을 둘러쌌다.

"방과 후에 이렇게 만나게 돼서 반갑다. 오늘부터 하루에 한 시간씩 웨이트 트레이닝 교육을 해 보려고 한다. 서로 일부러 시간 내서 모인 거니까, 이왕 하기로 한 거 열심히 하도록 하자. 회비는 끝나고 나갈 때 저쪽에 넣으면 된다."

선생님은 들고 있던 차트로 문에서 제일 가까운 러닝머신을 가리켰다. 언제 가져다 놨는지 초록색 아크릴 상자가 의자 위에 놓여 있었다.

"그럼 워밍업부터 시작하자. 모두 러닝머신 위로 올라가라."

승민은 괜스레 손가락도 꺾어 보고, 목도 이리저리 돌려 가며 러닝머신 위에 올랐다. 가운데 큼지막하게 'START'라고 쓰여 있는 것을 보니 저걸 누르면 시작되는 듯했다. 그런데 문득 의문이 들었다.

'위에 조그마한 숫자들은 뭐지?'

슬쩍 옆을 보니 창준은 능숙하게 들고 온 수건을 옆에 걸어 놓고 몸을 풀고 있었다. 선생님이 외쳤다.

"자, 시작한 다음에 숫자를 5로 놓고 천천히 몸을 푼다. 알았지? 속도 5가 빠른 친구들은 4까지 내려도 돼. 그럼 시작!"

힐끗힐끗 승민은 옆 사람을 곁눈질하며 러닝머신을 작동 시켰다. 천천히 움직이기 시작하는 머신의 숫자를 5로 두자 평소보다 조금 빨리 걷는 정도의 속도가 됐다.

"3분 동안 천천히 걷자. 땀만 내는 거니까 너무 무리할 필요 없어!"

체육 선생님이 아이들을 천천히 훑으며 다시 소리쳤다. 몸이 서서히 데워지고 코끝에 땀이 송골송골 맺히자, 승민은 이제야 비로소 운동을 제대로 시작한다는 생각이 들어 고양감이 느껴졌다. 체육 시간이나 방과 후에 친구들과 뛰어놀 때와는 사뭇 다른 종류의 설렘이었다.

"자, 그만! 끄고 내려와서 스트레칭 시작한다."

점차 숨이 거칠어지려는데, 선생님이 "삑" 호루라기를 불었다. 승민은 가쁜 숨을 내쉬며 머신에서 내려왔다. 생각보다 나쁘지 않은 시작이라는 생각이 들었다. 러닝머신에서 내려 걷는데 평소보다 걸음이 조금 더 빨라진 것처럼 느껴졌다. 지하철에서 컨베이어 벨트를 타고 걸을 때와 비슷한 기분이었다.

곧이어 선생님이 기본적인 스트레칭을 시작했다. 아이들은 곧

잘 따라 했다. 다리 펴고 허리 숙이기, 발목 돌리기, 기지개하듯 팔을 위로 쭉 뻗기 등 기본적으로 체육 시간에도 다 하던 동작들이라 따라 하는 데 문제는 없었다.

모든 스트레칭을 마치자 선생님은 아이들을 둘러보며 말했다.

"오늘은 첫날이니까 기초적인 운동부터 할 거야. 웨이트 트레이닝 경험이 있는 사람?"

창준과 얼굴을 잘 모르는 아이 한 명이 손을 들었다.

"그래, 그럼 창준이랑 영수는 오늘 하체 운동을 하자. 먼저 맨몸 스쿼트 15개씩 3세트 시작해. 그리고 나머지는 날 따라와라."

창준과 영수라는 애는 고개를 끄덕이더니 벽 거울이 달린 구석으로 가서 스쿼트라는 동작을 시작했다. 손을 앞으로 쭉 뻗거나 교차하여 목에 감싼 뒤, 쭈그렸다가 일어서는 단순한 동작이었다.

'뭐야, 스쿼트라니 대단한 건가 싶었는데 그냥 앉았다 일어 서기였잖아?'

운동에 대해 아무것도 몰랐던 승민은 그 동작이 초등학생 시절 벌로 받았던 앉았다 일어 서기와 별다를 게 없다고 느껴졌다.

"너희는 각자 아령을 하나씩 든다. 너무 무겁지 않게 3킬로그램부터 시작하는 거야."

선생님의 말에 승민은 잠시 눈치를 보다가 조그마한 아령을 집어 들었다. 집에서 엄마가 사 놓은 2킬로그램짜리 아령을 들어 본 적이 있어서인지 무겁게 느껴지지는 않았다.

'이제 이걸로 드디어 운동을 시작하면 되는 건가? 좀 떨린다. 뭐부터 시키시려나?'

"지금부터 내가 하는 동작을 잘 봐. 아령을 쥔 팔을 살짝만 굽혀. 그리고 팔꿈치는 옆구리에 단단히 고정한 채 천천히 들어서 올리는 거야. 다 굽힌 뒤에는? 천천히 내리면 된다. 쉽지? 먼저 10개만 해 보자."

뭔가 했더니, 영화나 텔레비전에서 자주 등장하던 그 동작이었다. 운동하는 장면에는 항상 빠지지 않고 나왔던 동작이기도 했고, 집에서 아령을 들고 혼자서도 곧잘 해 봤던 운동이라 승민도 잘 알고 있었다. 자신이 모르는 신기한 동작을 가르쳐 줄 줄 알았는데, 괜히 긴장했던 것 같아 한편으로는 힘이 빠졌다.

"아니, 승민아. 그건 동작을 제대로 하는 게 아니야. 몸은 흔들지 말고 고정해야 해. 팔꿈치도 떼면 안 되고."

그래도 운동을 아예 모르는 건 아니라는 걸 보여 주려고 했는데, 체육 선생님은 곧바로 승민의 자세를 지적했다.

'이렇게 하는 게 아니라고? 텔레비전에서 본 그대로 따라 한 건데, 팔꿈치는 왜 떼면 안 되는 거람?'

친구들에게 그나마 잘 알던 동작을 과시해 보려던 승민은 지적을 받고 조금 머쓱해졌다. 다시 선생님이 알려준 대로 동작에 집중하는 척을 해 본다. 확실히 이번에는 허리를 앞뒤로 움직이며 반동을 넣지 않고 팔꿈치를 붙인 채 아령을 들어 올리니까 조금 전과는 다른 무게감이 느껴졌다. 소위 '알통'이 나오는 부위가 욱신거렸다.

"끙⋯⋯."

앓는 소리를 내며 겨우 열 개를 마치고 옆을 보니, 다른 아이들도 얼추 끝난 듯했다. 그 모습을 지켜보던 체육 선생님이 말했다.

"자세 좋았어. 계속 그렇게 하는 거다. 자, 이제 1분 정도 쉬었다가 다시 반복한다. 오늘은 네 번만 더 하자."

지금 한 것도 힘들었는데, 이걸 앞으로 네 번 더 한다고? 승민은 주어진 1분을 최대한 많이 쉬기 위해 재빨리 아령을 내려놓았다. 팔을 이리저리 문지르며 막 근육을 풀려던 순간, 체육 선생님이 다시 호루라기를 불었다.

승민은 눈앞이 깜깜해지는 것을 느끼며 다시 아령을 집었다. 처음 운동을 시작했을 때보다 확실히 무거워져 있었다.

'아, 힘들다.'

1분이라는 시간이 이렇게 짧게 느껴진 적도 없었다. 승민은 인상을 찌푸리며 억지로 아령을 들어 올렸다. 처음에는 둔중하게 느껴진 압박감이 점차 손가락으로 근육을 누르는 듯한 고통으로 변하기 시작했다.

"야, 문승민! 허리 고정!"

언제부터 보고 있었던 걸까? 반동을 주기 시작하자 귀신같이 알아챈 선생님이 승민을 지적했다.

'쳇, 어쩔 수 없지.'

승민은 고통을 참으며 다시 허리를 고정했다. 초반에는 팔뚝까지 쭉 올라오던 것도 10개를 거의 다 할 즈음이 되자, 겨우 절반을 굽히는 것도 힘이 들었다.

"잘 참았다. 다시 1분간 휴식!"

코끝에 송골송골 맺히는 땀을 닦아 내며 승민은 구석을 바라보았다. 땀에 젖어 번들거리는 창준은 아무런 표정 변화 없이 스쿼트를 하고 있었다.

'저 운동은 더 쉬운 건가? 하긴, 난 무게를 들고 하는 거니까 더 힘든 건지도 몰라.'

승민은 팔을 털며 쉴 수 있는 1분 동안 어떻게든 근육을 풀기 위해 노력했다. 하지만 이번에도 정확히 1분 후에 울린 호루라기 소리 탓에 실패하고 말았다.

"잘했다. 아령 내려놓고 2분간 쉬자. 이후 바로 다음 운동으로 넘어간다!"

그 말에 떨어뜨리듯 아령을 내려놓은 승민은 서 있던 자리에 털썩 주저앉아 숨을 몰아쉬었다. 팔에 더는 어떤 힘도 들어 가지 않았다. 운동으로 혹사당한 팔을 내려다보니 얼마 없는 근육까지도 팽팽하게 부풀어 올라 슬쩍 건드리기만 해도 진한 고통이 느껴졌다. 그 순간, 조금 전 승민이 들었던 무게보다 훨씬 더 무거운 아령을 아무렇지도 않게 사뿐히 들던 영화 속 배우의 모습이 떠올랐다.

'그래도 영화는 영화인가 보다. 내가 너무 쉽게 봤어.'

그 뒤로 승민은 한 시간 동안 여러 가지 동작들을 체험했다. 팔을 쭉 편 채로 아령을 양옆으로 들어 올리는 사이드 래터럴 레이즈, 만화나 애니메이션에서 자주 보던 벤치 프레스, 마지막으로 의자에 기대어 아령을 머리 위로 밀어 올리는 덤벨 프레스까지. 동작은 몇 개 없었지만 정신없이 하다 보니 어느새 한 시간이 훌쩍 지나가 버렸다. 매트 위에 널브러진 승민은 가쁜 숨을 몰아쉬느라 이제 일어나라는 선생님의 말도 듣지 못할 정도였다.

"쉬는 건 집에 가서 쉬어. 어서 일어나!"

그새 자기 운동을 끝낸 창준이 다가와 억지로 승민을 부축했다.

손발이 부들부들 떨리던 승민은 마무리 스트레칭을 하는 둥 마는 둥 하며 빨리 저 문밖으로 나가기만을 고대했다. 나가기만 하면 정수기가 있을 테고, 바짝 말라 따가운 목구멍을 시원하게 적셔 줄 물 한 잔도 있을 것이다.

"아 참, 가기 전에 회비 잊지 말고!"

서둘러 스트레칭을 끝내고 체력 단련실을 나서려는데, 뒤에서 선생님의 외침이 들려왔다. 승민은 가방에 넣어 뒀던 2천 원을 꺼내 아크릴 상자 속에 아무렇게나 던져 넣었다. 회비는 모았다가 파티나 간식을 먹는 데 사용할 거라고 들었지만, 지금은 그런 것 보다 냉수 한 잔이 더 중요했다.

"끈기라고는 없어 보이더니, 나름 잘 버텼네?"

체력 단련실을 나오자, 먼저 나와 있던 창준이 수증기가 서린 양철 컵을 건넸다. 승민은 대답도 하지 않고 빼앗듯 컵을 낚아 채 벌컥벌컥 마셨다. 그토록 원하던 시원한 물 한 컵이었다.

"넌 왜 안 가고 남이 물 마시는 거나 구경하고 있냐?"

"딱히 이유는 없지만, 혼자 집에 가면 심심하니 같이 가려고 기다리는 걸로 해 둘까?"

승민이 컵을 내려놓고 가방을 고쳐 매는 걸 보던 창준이 대답했다. 그때쯤 뒷정리를 끝낸 체육 선생님이 밖으로 나와 체력 단련실의 문을 잠그고 있었다.

"이유야 아무려면 어때. 어쨌든 너 내일 무리하지 말고 푹 쉬어라. 많이 아플 거다."

이어지는 창준의 말에 승민이 뭐가, 하고 물으려는데 체육 선생님이 끼어들었다.

"자, 선생님 간다. 다음 주에 또 보자!"

남아 있던 아이들은 선생님께 인사하고는 각자 땀을 닦거나 한숨을 푹 내쉬면서 동관을 나섰다. 승민이 앞에 가던 창준의 팔을 툭 쳤다.

"야, 아까 무슨 말이야?"

승민을 내려다보던 창준의 얼굴에 또 그 장난스러운 웃음이 떠올랐다. 항상 느끼는 거지만 창준은 당최 속을 알 수 없는 녀석이었다.

'이 녀석이 나랑 친해지고 싶은 건가? 아니면 그냥 날 놀려 먹는 건가?'

"말 그대로야. 근육통은 제대로 겪어 봤냐?"

"아니……."

"하룻밤 자고 나면 알게 될 거야. 오늘 처음 운동했으니, 아마 내일 일어나면 운동한 부위가 멍든 것처럼 아플 거다. 내일은 힘

쓰지 말고 마사지나 하면서 푹 쉬어라."

말을 마친 창준이 거칠게 승민의 머리를 쓰다듬었다. 승민이 짜증 난다는 표정으로 고개를 치우자 창준은 다시 웃음을 터뜨렸다.

"어쨌든 운동 시작한 거 축하한다. 이왕 시작했으니 최대한 오래 가야지! 그럼 다음 주에 보자."

승민은 노랗게 늘어지는 노을을 받으며 후문으로 내려가는 그를 말없이 바라보았다. 그러고는 다음 주에 저놈을 어떻게 골탕 먹일까, 생각하다가 문득 오늘 창준이 아니었으면 이런 경험도 해 보지 못했을 거라는 생각에 미쳤다. 그러니 이번만큼은 좀 봐줘도 괜찮을 성싶었다. 숨을 좀 돌리고 나니 운동 후에 밀려오는 나른한 느낌이 별로 싫지는 않았던 것이다. 승민은 코를 한번 쓱 훔치고는 뒤를 돌아 정문을 향해 걸어갔다.

정말 그랬다. 진짜 고통은 다음 날 찾아왔다. 승민은 설마 운동할 때보다 더한 고통이 있을 거라고는 상상도 하지 못했다. 누군가에게 마구 두들겨 맞기라도 한 듯 온몸이 화끈거리고 욱신거렸다.

"끙, 아이, 죽겠네 진짜. 아파서 미치겠다. 이게 창준이 말하던 근육통인가?"

특히 팔이 굽혀지는 부분이 너무 아팠다. 멍든 곳을 손가락으로 세게 꾹꾹 누르는 듯한 아픔이었다. 너무나 고통스러운 나머지 승민은 결국 그렇게나 좋아하던 피시(PC)방도 가지 못하고 황금 같은 일요일을 종일 누워서 지낼 수밖에 없었다.

"내가 속았지. 다시는 운동 하나 봐라."

비교적 시원한 바닥에 누워 온몸을 주무르던 승민은 이를 악물고 다시는 운동 따윈 하지 않겠다고 다짐했다. 그래도 안마를 한 게 어느 정도 효과는 있었는지 이튿날 아침 교문을 통과할 즈음이 되자 고통은 많이 줄어들어 있었다.

"여어, 드워프(영어로 '난쟁이'라는 뜻-편집자). 어째, 근육통은 좀 괜찮냐?"

학교 통행로에서 승민을 불러 세운 건 창준의 장난기로 가득한 목소리였다. 승민은 통증 때문에 주말에 놀지 못한 게 억울해서 다짜고짜 얼굴을 붉혔다.

"야! 너, 장난하는 거야? 너무 아파서 피시방도 못 갔다고! 얼마나 기다려 온 일요일이었는데, 너 때문에 다 날렸잖아!"

창준은 특유의 여유로운 미소를 지으며 손을 쫙 폈다.

"어허, 나한테 뭐라고 하면 안 되지? 난 그저 권유만 슬쩍 했을 뿐이야. 선택한 건 너 스스로라는 걸 잊지 마라."

"하여튼 진짜 아파서 죽는 줄 알았다."

"큭큭, 그래도 어때? 꽤 재밌지 않았어? 또 가 보고 싶지 않아?"

창준의 물음에 승민이 코웃음을 쳤다.

"내가 미쳤냐? 다시 가면 그땐 내 성을 간다."

"그래? 뭐, 아직 시간은 많으니까. 천천히 생각해 봐라. 먼저 간다!"

언제나처럼 자기 할 말을 마친 창준은 인상을 찌푸리는 승민을 내버려 두고는 비탈진 통행로를 여유롭게 뛰어 올라갔다. 약이 바짝 오른 승민의 얼굴이 금세 시뻘게졌다.

'아휴, 진짜 약 올라! 괜히 저 자식 말을 들었다가 이게 무슨 꼴이람.'

그런데 신기했다. 오전에는 결코 다시 갈 일이 없다고 생각했는데, 점심을 먹고 두어 교시쯤 졸고 나니 왠지 몸이 근질근질해지는 느낌이 들었다. 처음에는 '설마' 하고 넘겼지만, 6교시가 지나고 마지막 7교시가 되자 승민은 결국 인정할 수밖에 없었다. 수업을 듣는 내내 자신도 모르게 자꾸만 팔을 접었다 폈다 하고 있었던 것이다.

'아 젠장, 이러면 또 창준이 말대로 되는 거 같은데…….'

그랬다. 납득하기 싫지만 그가 또 옳았다. 승민은 운동을 계속하고 싶었던 것이다. 아니, 승민의 몸이 원했다. 7교시를 마치는 종이 울리고 결국 승민의 발걸음이 향한 곳은 집이 아닌 동관 체력 단련실이었다. 지난주에 봤던 애들이 그대로 모여 있었다. 물을 마시던 창준이 승민을 발견하곤 그럴 줄 알았다는 듯, 쓱 입꼬리가 올라갔다.

"거 봐라. 내가 뭐랬냐?"

"조용히 해, 짜식아. 내가 좋아서 온 줄 아냐? 운동한 게 아까워서 한 번 더 해 보려고 온 거야."

"잘 알고 있네? 그게 운동할 때 가장 중요한 마음가짐이야. 잊지 마라."

"쳇, 너나 잘해."

승민은 괜스레 한번 튕기고는 오늘도 빼먹지 않고 주머니에 넣어 온 2천 원을 만지작거렸다.

놀랍게도, 그렇게 시작된 승민의 운동 생활은 그 후 반년간 꾸준히 이어졌다. 한 달을 조금 넘기자 처음에는 그렇게나 고통스러웠던 근육통도 더 이상 느껴지지 않았다.

"야, 너 오늘은 헬스하러 안 가?"

"에휴, 그거 해 봤자 아프기만 하고 별 재미도 없더라. 난 그냥 친구들이랑 피시방이나 가려고. 넌?"

"난 가야지……."

두 달이 지나고 창준을 제외한 다른 모든 아이들은 하나둘 교습을 그만두었지만, 승민은 끝까지 남았다. 단순한 오기 때문만은 아니었다. 자신과 마찬가지로 남아 있던 창준에게 지고 싶지 않다는 치기 어린 자존심 때문만도 아니었다. 왜 그런지 운동을 계속하고 싶었다. 지금 그만두면 다시는 어떤 목표를 갖고 무언가를 시작할 수 없을 것만 같았다. 그런 마음으로 또 한 달을 보냈다. 그렇게 운동을 시작한 지 세 달째가 되고 마침내 체육 선생님의 방과 후 교습이 끝났을 때, 승민은 기어이 집 근처 헬스장에 등록했다. 그렇게 4개월째가 되자, 마법과도 같은 일이 벌어졌다.

"와, 너 요즘에 무슨 운동 하냐? 몸 좋다, 야."

학교와 집을 오가며 몇 번 같이 장기를 둔 적이 있어 나름 안면이 있는 쌀집 사장님의 말이었다. 꾸벅 인사를 하고 지나가려던 승민은 그 자리에 멈추어 섰다. 방금 자신이 들은 말이 믿기지 않았다. 그 말이 귓가에서 사라져 버리기 전에 얼른 다시 물었다.

"네? 방금 뭐라고 물어보셨어요?"

"요즘 뭐 역기라도 드는 거야? 몸이 아주 불끈불끈하는 거 같은데?"

처음이었다. 길지 않은 17년 인생을 살면서 난생처음 들어 보는 말이었다. 승민은 지금껏 살아오면서 외형적인 면에서는 좋은 말을 들어 본 기억이 없었다. 외모에 관한 것이든, 몸에 관한 것이든.

'이런 내가? 이 문승민이? 몸이 좋단 말이야?'

"지, 진짜예요? 정말 저, 몸이 좋아 보여요?"

장기짝을 뒤적거리던 사장님이 모자를 비집고 새어 나오는 땀을 쓱 훔치며 퉁명스럽게 대꾸했다.

"아, 그렇다니까. 거참, 요새 귀 안 파고 사냐? 도대체 몇 번이나 이야기하게 만들어?"

조금 전까지만 해도 '설마' 하던 생각이 현실로 체감되는 순간이었다. 정말이다. 정말로 쌀집 사장님은 승민의 몸에 감탄하신 것이다! 승민은 그 순간 자신이 어떤 표정을 지었는지, 뭐라고 대답했는지 잘 기억나지 않았다. 하지만 확실하게 기억나는 것은 가슴이 터질 듯했던 그 순간의 희열과, 흥을 참지 못해 집까지 내달렸을 때 느꼈던 햇살의 따뜻한 감촉이었다.

더 놀라웠던 것은 그런 경험이 쌀집 사장님 한 명으로 끝나지 않았다는 점이다. 그 후로도 승민은 한동안 만나지 못해 오랜만에 얼굴을 보거나, 처음 만나는 사람들로부터 항상 칭찬을 받았다. 그리고 그 칭찬들은 고스란히 승민이 운동을 계속하게 되는 원동력이 됐다. 점점 더 운동이 좋아졌다. 하루하루 변화가 생기는 몸을 관찰하는 것도 재밌었고, 자신뿐만 아니라 다른 사람들도 그 노력의 결과를 흔쾌히 인정해 준다는 사실이 참을 수 없을 정도로 짜릿했다.

그러다 보니 승민에게 운동은 어느새 하루라도 하지 않으면 사람을 불안하게 만드는 골칫덩어리가 되어 있었다. 근육통이 느껴지지 않으면 어제 운동을 제대로 하지 않은 건가 싶어 불안하기까지 했고, 헬스장이 문을 열지 않는 주말에는 애써 키운 근육이 빠지지는 않을까 싶어 조마조마했다. 그렇게 헬스 트레이닝은 이제 승민의 일부분이 된 듯했다.

"와, 너 어깨가 왜 이렇게 넓어졌냐? 진짜 대단하다. 이제 힘 좀 쓰냐?"

"조그만데 팔에 근육 좀 봐라. 무슨 운동해? 무게 몇 치냐?"

"나 말이야? 나는……."

또 한 가지 생긴 게 있었다. 무게에 대한 욕심. 주변 사람들의 칭찬이 날로 늘고 몸에 대한 자신감이 붙자, 승민은 자기가 어느 무게까지 칠 수 있는지 궁금해졌다.

'무거운 무게를 들면, 분명 근육도 더 빨리 커지겠지? 힘도 더 세질 테고?'

승민에게 있어 운동은 하는 만큼 눈에 보이는 결과를 얻어낼 수 있는 종목이었기에, 더 많은 무게를 들고 싶다는 욕심이 생기는 건 당연한 일이었다. 그 욕심에 맞춰 무게는 하루가 다르게 늘어갔다. 지난주에 30킬로그램을 들었다면 이번 주에는 35킬로그램을 들었고, 그다음 주에는 앞자리가 바뀌어 있곤 했다.

"큭큭, 그래 우리 드워프가 열심히 했더니 또 이런 성과를 내네? 좋겠다, 야."

사람들에게 칭찬받는다는 이야기를 했을 때, 평소처럼 비꼬는 듯 아닌 듯하던 창준의 반응은 이제 더 이상 놀림으로 들리지 않았다. 설령 그것이 맞다고 해도 지금은 그런 것쯤, 승민의 기분을 나쁘게 만들 수는 없을 것 같았다. 승민은 웃었다.

"정말 좋아서 미칠 지경이다. 이렇게 좋은 걸 왜 여태까지 안 했는지 모르겠다."

바나나우유에 빨대를 꽂아 마시던 창준은 그런 승민을 말없이 바라보다가 곧 주머니에서 뭘 꺼내 그에게 건넸다. 요새 매점에서 유행하던 크림빵이었다.

"뭐야, 이게?"

"너 요즘 학교 끝나고도 헬스장 따로 다닌다며? 열심히 하는 게 보기 좋아서 선물 하나 주는 거야. 그거 먹고 더 열심히 하라고."

"뭐냐, 갑자기 분위기 잡는 거냐?"

승민은 괜히 멋쩍은 기분이 들어서, 일부러 센 척을 하며 빵을 받았다. 크림빵을 크게 한 입 베어 물며 올려다본 창준의 얼굴에서는 더 이상 웃음기를 찾아볼 수 없었다.

"글쎄? 꼭 그렇지만도 않아."

창준은 뜻 모를 말을 남기며 교실로 몸을 돌렸다. 승민은 한동안 창준이 보인 그 표정을 계속 떠올렸다. 그러나 아무리 생각해 봐도 의미를 알 수 없었다.

그 느낌은 예고도 없이, 교묘하고도 무례하게 찾아왔다.

'흠, 오늘 하루는 쉴까?'

운동을 시작한 지 8개월째 접어든 시점이었다. 날은 점점 쌀쌀해지고 있었다. 그날은 부슬비가 온다는 예보가 있었다. 방과 후 집에 도착한 승민은 가방을 소파에 던져 놓고 곧장 운동복으로 갈아입으려다 문득 고민에 빠졌다.

'어쩐다?'

근 몇 개월 만에 처음 느껴 보는, 하지만 완전히 낯선 것만은 아닌 감정이 들었다. 고개를 들자 반쯤 열린 창문 사이로 튀어 들어오는 빗방울들이 눈에 들어왔다. 승민은 괜히 창문을 한번 바라보고 몸을 이리저리 움직여 보았다. 처음 운동을 시작했을 때처럼 극심한 근육통을 겪지는 않게 됐지만, 무게를 증량하고 있었기 때문에 운동을 한 부위에는 여전히 뻐근한 느낌이 남아 있었다.

'비도 오는데, 한 10분 정도만 누웠다 갈까? 너무 피곤해서 힘이 하나도 없네.'

승민은 그대로 방바닥에 누워 텔레비전을 켰다. 케이블 채널에서는 어릴 땐 좋아했지만 이젠 너무 유치하다고 느껴지는 익숙한 만화 영화가 방영되고 있었다. 늘어지게 하품을 하며 시계를 보니 아직은 이른 저녁이다. 6시도 채 되지 않았다. '최근 몇 달간 이렇게 이른 시간에 늘어져 있던 적이 있었나' 하는 생각이 들었다.

'그래, 이것도 나쁘지 않지. 아, 모르겠다. 오늘은 그냥 쉬어야겠다. 왜, 운동은 휴식이 더 중요하다고들 하잖아?'

그렇게 자기 합리화를 하던 승민은 무언가 찝찝한 기분을 억지로 누르며 눈을 감았다.

'어차피 이런 일은 오늘 하루뿐이니까.'

하지만 승민의 생각과는 달리 그 느낌은 그날 하루로 끝나지 않았다. 오히려 날이 가면 갈수록 더 커지기만 했다. 그날 이후 며칠 동안은 다시 빼먹지 않고 운동을 나갔지만, 그다음 주부터는 가는 날과 빠지는 날이 번갈아 가며 생겼다.

"야, 문승민. 뭘 그렇게 고민해? 이따 끝나고 분식집 들렀다 노래방이나 갈래?"

교실 창밖을 멍하니 바라보고 있던 승민은 고개를 돌렸다. 같은 반 친구인 재혁이 휴대폰 고리를 흔들고 있었다. 승민은 잠시 갈등했다.

"그래, 그러자."

"오, 웬일이야? 요 몇 달간 운동한답시고 바쁜 척은 있는 대로 하더니만. 그래, 사람이 어떻게 만날 운동만 하고 사냐? 가끔은 쉬어줘야지."

'처음이 어렵지, 두 번째부터는 쉽다'고 했던가. 방과 후 헬스장이 아닌 분식집 앞에 도착한 승민은 갓 나온 떡볶이와 튀김을 입안에 밀어 넣었다. 달달한 떡볶이 국물에 적셔진 고소한 튀김이 입안을 가득 채웠다.

운동을 본격적으로 시작하게 되면서 승민은 소위 '칼로리'라는 것에도 신경을 쓰곤 했다. 슈퍼에서 과자나 아이스크림 하나를 살 때도 괜히 포장지에 붙은 열량을 확인하게 됐던 그였다. 그러나 지금은 그저 먹기에 바빴다. 승민은 자기도 모르는 사이에 운동을 쉬었던 첫날 느꼈던 그 나른함에 중독되어 가고 있었던 것이다.

"야, 운동 열심히 하더니 식욕이 늘었나 보다? 아주 먹는 것에 진심인데?"

옆에서 김말이를 떡볶이 국물에 찍어 먹던 재혁이 웃으며 말했다. 승민은 '운동'이라는 단어에 잠깐 멈칫했으나 곧 아무렇지도 않게 입가를 닦으며 대꾸했다.

"내가 왜 운동을 하는데? 다 먹으려고 운동하는 거야. 운동해야 살 안 찌고 먹고 싶은 거 다 먹을 수 있잖아."

"으하하! 그래, 네 말이 맞다. 먹자. 어차피 공부든 운동이든 다 먹고살자고 하는 건데, 하루쯤이야 뭐 어때?"

재혁의 말에 승민은 평소처럼 그냥 웃고 말았지만, 마음 한구석이 찜찜한 것은 어쩔 수가 없었다. 하지만 지금 당장 눈앞에 놓인 '휴식'이 너무 달콤한 것도 사실이었다. 하루, 이틀, 그런 날이 계속해서 쌓여만 갔다.

"학생, 요즘은 나오는 게 좀 뜸한 것 같네? 무슨 일 있어?"

"아, 아무것도 아니에요. 요즘 컨디션이 좀 안 좋아서요."

기묘한 나태함을 느낀 지 2주 정도 지났을까. 승민은 게으름을 피우고 싶은 몸을 억지로 잡아끌며 헬스장으로 향했다. 안부를 묻는 카운터 아저씨에게 대충 대답을 얼버무린 승민은 러닝머신이 아닌 매트로 향했다.

원래 승민은 웨이트를 하기 전에 반드시 워밍업을 했지만, 이제는 그것도 옛말이 되었다. 스트레칭과 워밍업을 하는 둥 마는 둥 대충 끝낸 그는 곧바로 아령 받침대로 다가가 밑에 놓인 바벨을 집어 들었다. 오늘은 전신의 근력을 향상해 주는 데드 리프트라는 동작을 할 참이었다.

"하나, 둘, 흡!"

엉거주춤하게 선 상태에서 바벨을 위로 들어 올리려는데 느낌이 이상했다. 왠지 모르게 무거웠다. 비록 몇 달간이었지만 꾸준히 운동을 해 왔던 승민은 자기가 하는 무게 내에서라면 어느 정도 감각이 발달해 있었다. 이 무게면 몇 개쯤 할 수 있겠다, 이 무게는 어렵겠다 등등. 지금 들어 올린 무게는 지난주라면 가볍게 열 개를 할 수 있던 무게였다. 그런데 지금은 열 개는커녕 여덟 개도 힘들 것 같다는 생각이 들었다.

'뭐지? 아까 워밍업을 제대로 안 해서 그런가?'

대상을 알 수 없는 짜증이 치솟아 승민은 더욱 이를 앙다물었다. 여덟 번을 들자 허리와 허벅지가 비명을 지르는 듯했고, 손아귀 안에서 바벨이 돌아 하마터면 놓칠 뻔하기도 했다. 손가락 끝에 아슬아슬하게 걸친 바를 두 번 더 들고 난 뒤, 승민은 거의 바벨을 떨어뜨리듯 땅바닥에 놓았다. 쿵, 하는 소리가 헬스장을 울렸다.

"저, 회원님. 바벨 좀 조심히 내려 주세요."

"헉……. 헉……, 네, 알겠습니다. 죄송합니다……."

헬스장을 다니며 알게 된 트레이너가 다가와 항의했다. 파란색 캡 밑으로 보이는 그의 눈빛은 '안 그러던 녀석이 왜 이래?'라고 말하는 것 같았다. 승민은 땀을 훔치며 겨우 대답하고는 원판 옆에 주저앉았다.

'그냥 오늘은 안 되는 날인가?'

욱신거리는 팔뚝을 원망스럽게 쳐다본 승민은 이후 남은 운동을 하는 둥 마는 둥 마치고 곧바로 집으로 향했다.

'그동안 열심히 했으니 몸이 축난 것도 있겠지. 조금 더 쉬면 괜찮아질 거야.'

뉘엿뉘엿 지는 석양을 바라보며 승민은 자신을 위로했다. 지금은 그렇게라도 해야 마음이 편해질 것 같았다. 일주일이 지나고 다시 데드 리프트를 했을 때, 지난주에 힘들었던 무게가 이제는 가볍게 들렸다. 자신감이 붙은 승민은 한동안 다시 열심히 헬스장을 다녔다. '역시 내 생각은 틀리지 않았어'라고 생각하면서.

"응?"

'설상가상'이라는 말이 있다. 나쁜 일이란 언제나 꼬리에 꼬리를 물고 찾아온다. 데드 리프트 일을 기점으로 다시 운동에 불이 붙었나 생각했는데, 또 다른 문제가 발생하고 말았다.

"쓰읍, 왜 무게가 안 늘지?"

벌써 2주가 넘었다. 2주 동안 꾸준히 스쿼트를 하는데도 여전히 같은 무게에서 제자리걸음을 하고 있었다. 밥도 열심히 먹었고, 수면이 도움이 된다고 하기에 요즘엔 그렇게 좋아하던 컴퓨터 게임마저 포기하면서 수면 시간을 늘린 승민이었다. 증량을 위해 할 수 있는 모든 노력을 다했다고 생각했는데, 단 1킬로그램도 늘리지 못했다는 사실을 도저히 믿을 수 없었다. 오히려 운동 수행 능력이 더 떨어진 것 같은 느낌마저 들었다.

운동을 체계적으로 배워 본 적이 없던 승민은 '자세가 불량해서 증량이 안 되나' 하는 생각이 들었다. 결국 그는 트레이너에게 도움을 요청하기로 마음먹었다. 매트에서 스트레칭을 하고 있던 트레이너에게 다가간 승민은 침을 꿀꺽 삼키며 조심스럽게 물었다.

"저, 트레이너님?"

"네?"

"제가 운동을 제대로 하고 있는지 혹시 몰라서 그러는데, 자세 한 번만 봐 주실 수 있을까요?"

"음, 아직 교육받기로 한 회원님이 안 오셨으니까, 잠깐이라도 괜찮으면 봐 드릴게요."

"네! 감사합니다."

승민은 화색이 도는 얼굴로 바벨을 들었다. 지난번처럼 자신의 기우이기를 바라며, 교정만 되면 다시 증량이 될 거라는 불확실한 희망을 가지고.

"음, 자세는 특별히 문제없는 거 같은데요?"

승민이 스쿼트 하는 동작을 찬찬히 살펴보던 트레이너가 고개를 갸우뚱거렸다. 그 말에 승민은 뱃속이 싸해지는 것을 느끼며 들고 있던 바를 곧장 머신에 걸었다.

"저, 그게 아니구요. 무게가 안 느는 거 같아서요. 왜 갑자기 그러나 싶어서……."

그러자 트레이너는 손가락으로 턱을 톡톡 두들기며 뭔가를 곰곰이 생각했다.

"지금 이 동작만 그런 거예요? 아니면 모든 부위 운동이 다 그런가요?"

"전반적으로 다 그런 것 같아요."

승민이 우물쭈물하며 대답하자 트레이너는 그제야 문제가 뭔지 알았다는 듯 피식 웃으며 모자를 고쳐 썼다.

"회원님, 혹시 운동 시작한 지 얼마나 됐어요?"

"네? 저 반년 조금……."

트레이너가 눈썹을 씰룩거리며 고개를 끄덕였다. 그럴 줄 알았다는 듯이.

"그럼 그런 불안감이 당연할 수도 있겠네요. 웨이트 트레이닝은요, 길게 보셔야 해요. 그전까진 운동을 한 번도 안 해 보셨죠?"

승민은 그의 물음에 조용히 고개만 끄덕였다. 무슨 말이 나오려나, 저절로 침이 꼴딱 삼켜졌다. 트레이너가 물을 한 모금 마시더니 손가락으로 브이 표시를 그렸다.

"두 가지를 생각해 볼 수 있어요. 첫 번째로, 회원님이 운동한 기간은 증량 때문에 초조해하기엔 너무 짧은 시간이에요. 특히나 기본 베이스가 부족한 경우에는 말이죠. 두 번째로, 증량이라는 건 무게가 늘면 늘수록 효율이 떨어져요. 0에서 100 늘리는 것보다 100에서 120 늘리기가 더 어려운 게 운동이에요."

"네……."

승민은 눈을 내리깔았다. 인정하고 싶지 않지만 인정할 수밖에 없는 눈치였다. 게다가 최근에 그는 이렇게 억울해 하거나 초조해 하는 것이 당연할 정도로 운동을 열심히 한 것도 아니었다. 트레이너는 그런 승민의 기분을 아는지 모르는지 계속해서 설명을 이어 나갔다.

"게다가요, 숫자라는 건 사람을 잡아먹어요. 웨이트 트레이닝에서 숫자에 욕심내면 얻을 수 있는 것이 많지 않아요. 괜히 무리하다가 건강만 해치게 되죠. 회원님은 처음에 왜 운동을 하고 싶었나요?"

"네?"

지극히 평범한 질문이었지만 승민은 어쩐지 그 질문이 무척이나 생소하게 느껴졌다. 생각해 보니 승민은 한 번도 진지하게 그 이유를 고민해 본 적이 없었다.

'어떻게 운동을 시작하게 됐지?'

처음에는 그냥 자의 반 타의 반으로 운동을 시작했다. 왜소한 자신의 체격을 바꾸고 싶었고, 남들 앞에서 자신의 몸을 자랑하고 싶은 마음도 있었다. 그렇게 얻은 결과가 마음에 들었고, 남들도 인정해 주기에 계속 열심히 했었다. 그뿐이었다.

"저는…… 그냥 몸도 바꾸고 싶고, 더 건강해지고 싶어서요."

모자 캡 아래로 그늘이 드리워진 트레이너의 눈매가 살짝 올라갔다.

"그래요? 그럼 왜 숫자에 신경 쓰세요? 맨몸으로도 충분히 그런 몸 만들 수 있는데."

"어……. 처음에 배울 때부터 아령을 들면서 운동했고……. 또 무게가 점점 늘어야 힘도 세지니까요."

"힘이 세져야 해요? 힘이 세지는 거랑 건강해지는 건 연결되어 있긴 해도 같은 뜻은 아닌데요?"

"……."

꼬리를 물고 이어지는 트레이너의 물음에 승민은 점차 할 말을 잃어갔다. 어린 그의 머리로도 트레이너가 무슨 말을 하고자 하는 건지는 충분히 이해할 수 있었다. 그는 근본적인 질문을 던지고 있는 것이었다. 왜 하고 싶으냐. 무엇을 얻고 싶으냐. 승민은 결국 고개를 떨궜다. 잘 알지도 못하는 주제에 무턱대고 운동을 해 온 것부터가 잘못이었나 싶어 절망감이 들었다. 트레이너는 그런 승민을 보더니 종이컵을 하나 뽑아 물을 담아 주며 말했다.

"잘 생각해 보세요. 그리고 지금 하는 운동들이 잘못된 것이 아니니 초조해하지 마시고요. 간단히 생각해 보면 될 일이에요. 증량이 그렇게 쉽고 몸을 만드는 것이 그토록 간단했다면, 누구나 다 프로 보디빌더 선수를 하고 있지 않았을까요?"

"……그렇네요. 감사합니다."

트레이너와 이야기를 나누는 동안 머리를 한 대 맞은 것 같은 충격 속에서 승민은 어리바리하게 물컵을 받았다. 지금 이 느낌을 어떻게 표현해야 할지 알 수 없었다. 당연히 알았어야 했지만, 그동안 모르고 있던 것을 깨달아 마음이 홀가분하기도 했고, 뭔가 더 큰 숙제를 발견한 것 같아 도리어 막막해지기도 했다. 트레이너는 가볍게 고개를 끄덕이고는 매트리스로 돌아가 스트레칭을 시작했다. 승민은 그래도 자기가 틀린 것은 아니라는 말에 겨우 힘을 얻고 그날 운동을 무사히 끝낼 수 있었다.

샤워를 마치고 집으로 돌아오는 길은 몇 시간 전 힘들게 헬스장으로 향하던 발걸음보다 한결 가벼워져 있었다. 가슴속에 응어리져 있던 문제 중 하나가 풀린 느낌이었다. 승민은 콧노래까지 흥얼거리며, 조금 전 편의점에서 산 삼각김밥을 입에 털어 넣었다.

'그래, 내가 너무 조급했던 거야. 천천히 하자. 아직 시간은 많고, 난 계속할 거니까.'

집으로 가려던 승민은 발길을 돌려 근처 피시방으로 향했다. 운동도 했겠다, 고민거리도 얼추 해결됐겠다, 오늘만큼은 풀어져도 괜찮을 것 같았다. 그는 이날을 기념하자는 생각에 힘차게 피시방의 문을 열었다. 그리고 내일부터는 지금 이 마음으로 열심히 운동할 거라고 생각했다.

하지만 그것은 승민의 오판이었다. 그는 트레이너의 도움으로 자신의 문제를 해결한 것이 아니었다. 피시방에 들어서며 '내일부터는 열심히 해야지'라고 되뇐 그 생각이 진짜 문제였음을 알지 못한 것이다.

'아……. 진짜 가기 싫은데……. 너무 귀찮은데, 어떻게 하지? 이제는 더 핑계 댈 것도 없는데.'

승민은 동네 분식점에서 컵 떡볶이를 들고 나오며 인상을 찡그렸다. 머릿속으로는 누구에게 하는지도 모르는 핑곗거리를 생각해 내고 있던 참이었다. 시간이 이미 늦어서, 학원 가야 하니까, 혹은 오늘 비가 올 것 같아서 등등. 평소 같으면 그게 뭐냐며 웃어넘길 변명거리가 지금은 꽤 진지하게 머릿속을 가득 채우고 있었다.

"오우, 뭐야? 누가 떡볶이를 먹고 있나 했더니만, 우리 땅꼬마 아냐?"

한창 떡볶이를 뒤적거리며 고민하고 있던 승민의 귀에 익숙한 목소리가 들렸다. 반사적으로 고개를 들어 바라보니 창준이 서 있었다. 들고 있던 이온 음료수를 입에 털어 넣은 그가 턱 끝으로 떡볶이를 가리켰다.

"그거 식으면 맛없다? 아깝게 왜 사 놓고 바라만 보고 있는 거냐?"

평소 같으면 발끈했을 그의 가벼운 빈정거림은 들리지 않았다. 승민은 자기도 모르게 벌떡 일어나 말했다.

"야, 나 고민이 있어."

"응?"

창준의 눈이 조금 커졌다. 이건 그도, 심지어는 말을 꺼낸 승민 조차도 전혀 예상하지 못한 상황이었다. 그래서 더 흥미가 끌린 걸까. 창준은 재밌겠다는 듯 씩 웃었다. 그의 새하얀 이가 반짝였다.

"네가 나한테 고민을 털어놓을 일은 없을 줄 알았는데, 참 별일이다. 물론 그만큼 급하다는 뜻이겠지? 한번 들어나 보자, 그럼."

'아이, 이거 참……. 나도 모르게 말이 나와 버렸는데. 어쩌지?'

승민은 곧바로 후회했다. 창준에게 말하기에는 너무 창피하기도 했고, 저 장난기 많은 녀석이 어디 가서 나불대고 다닌다면 그만큼 낭패인 일도 없을 것이다. 하지만 이미 말을 꺼내기도 했고, 혼자서 더 끙끙대기엔 너무 힘이 들었다. 그래서 승민은 눈 딱 감고 한 번만 창준을 믿어 보기로 했다.

"다른 게 아니고, 나 요즘에 운동 가는 게 너무 힘들어서."

한동안의 망설임 끝에 조그맣게 흘러나오는 승민의 고민에 창준이 고개를 갸웃거렸다. 그는 마치 살면서 그런 말은 처음 들어 본다는 듯한 표정이었다.

"그게 무슨 말이야?"

창준이 슬슬 재촉했다. 승민은 말을 이어 가려다 다시 삼키길 반복했다. 너무 창피했다. 운동에 자신감이 붙었을 때, 꼭 원하는 몸을 만들어서 창준을 골려 주려고 했었는데 이제는 의지가 꺾여

그에게 도움을 요청하고 있다니. 승민이 입을 뻐끔거리며 한참 머뭇거리고 있자 창준이 조용히 물었다.

"설마, 귀찮아져서 그런 거냐?"

정곡을 찔린 승민은 그의 눈을 피했다. 먼저 도와 달라고 한 건 맞지만, 막상 그 이야기를 직접 인정하려다 보니 마음대로 되지 않았다. 부끄러워진 그는 차마 '그렇다'고 말하지는 못하고 고개만 살짝 끄덕였다.

"흐음……."

창준이 턱을 긁적거렸다. 그러더니 또 씨익 웃는 게 아닌가.

"내가 그럴 줄 알았지. 해결 방법이 없는 건 아니야."

"정말?"

자신 있게 말하는 그의 태도에 승민의 목소리가 한층 높아졌다. 창준이 고개를 끄덕였다.

"그렇고말고. 실은 아주 간단해. 그냥 가."

"뭐……?"

아무렇지 않게 말하는 그를 보며 승민의 표정이 흐려졌다.

'지금 내가 잘못 들은 건가? 그냥 가라니, 날 놀리는 거야, 뭐야!'

"야 박창준, 나 진지해. 장난으로 하는 말이 아니라고."

하지만 창준의 얼굴에는 미소가 걸려 있지 않았다. 승민의 눈을 지그시 바라보던 그가 되물었다.

"그래? 난 그럼 어떤 거 같아? 지금 장난으로 하는 말 같아?"

"……."

갑자기 진지해진 그의 태도에 승민은 할말을 잃었다. 잠시 말이 없던 그가 눈썹을 으쓱 올리더니 말을 이었다.

"내가 평소에 말을 가볍게 하기는 하지만, 운동에 관련해서는 언제나 진지해. 운동하는 게 귀찮아진 것 같다고 했지? 게으름에 대한 방법은 하나뿐이야. 그냥 가. 이것저것 생각하지 말고, 눈 딱 감고 그냥 가면 돼. 그것 말고는 다른 방법이 없어. 동기부여니 뭐니 하는 것들도 일시적인 해결책일 뿐이야."

"정말……, 그거면 되는 거야?"

승민의 물음에 창준이 코웃음을 쳤다. 그의 눈길이 이제는 다 식어 버린 승민의 떡볶이 컵에 머물렀다.

"그럼 뭐 대단한 답이라도 있길 바랐어? 웨이트 트레이닝은 헬스장 문 앞에 서는 게 반이야. 가서 후회하더라도 일단 집 밖을 나서는 게 중요해. 게으름을 피우더라도 헬스장에 가서 피워. 귀찮아서 뒹굴고 싶더라도 헬스장 매트 바닥에서 그러란 말이야."

그의 말에 승민의 머릿속에 무언가가 스쳐 지나갔다. 헬스를 시작한 지 이틀째 되던 날, 한 번 더 해 보려고 왔다는 그에게 창준이 했던 말이었다.

'그 마음가짐을 잊지 마라.'

승민은 어느새 자기가 왜 시작했는지, 어떤 마음으로 시작했는지 잊고 있었던 것이다. 처음과 다르지 않다고, 어쩌면 더 나은 사람이 되었다고 생각했건만, 정작 가장 중요한 것은 잊고 있었다.

수치심인지 뭔지 모를 감정으로 그의 얼굴은 달아올랐다. 문득 고개를 들어 보니 다시 미소를 짓고 있는 창준이 그를 바라보고 있었다. 이제야 알겠느냐는 표정이었다.

"이 정도면 대답이 됐냐? 우리 드워프가 그런 간단한 고민으로 머리를 싸매고 있었다니. 또 하나 놀림거리가 생겼네. 큭큭."

"……고맙다."

들릴 듯 말 듯한 그의 감사 인사에 창준은 캔을 구겨 두 발자국 정도 떨어져 있는 쓰레기통을 향해 던졌다. 캔은 이번에도 멋지게 쓰레기통으로 빨려 들어갔다.

"세상에, 난 언제나 운이 좋다니까! 야, 땅꼬마. 별 시답잖은 인사는 그만두고 떡볶이나 마저 먹어라. 나, 간다! 학교에서 보자."

승민은 멀어지는 창준의 뒷모습을 말없이 바라보았다. 지금만큼은 그의 놀림이 기분 나쁘지 않았다. 줄곧 답답하게 막혀 있던 그의 가슴이 오늘 창준과의 대화로 조금은 뚫렸기 때문인지도 몰랐다.

고개를 숙이자 떡볶이 컵은 여전히 손에 들려 있었다. 승민은 잠시 그것을 쳐다보다가 쓰레기통에 버린 뒤, 발길을 헬스장으로 돌렸다. 이 기분을 놓치고 싶지 않았다. 지금 아무것도 하지 않고 넘어가 버린다면 다시는 이 고양감을 느끼지 못할 것만 같은, 확신에 가까운 느낌이 들었기 때문이다.

그날로부터 2주일이 지났다. 승민은 여전히 게으름과 싸우고 있었지만, 결코 운동을 빼먹는 일은 없었다. 몸이 힘들어 다 때려치우고 싶을 땐 일부러 가방에 옷을 싸 들고 곧바로 헬스장으로 향했다. 집에 도착한 뒤에는 다시 집을 나서기가 싫을 것 같아서였다.

"······휴, 오늘도 어떻게든 끝냈네."

헬스장 문을 나서며 승민이 중얼거렸다. 몸은 천근만근 무겁고 그동안 거절했던 친구들과의 만남 역시 떠올랐지만, 마음만은 한결 편한 상태였다. 그래, 게으름이 한순간에 사라지지는 않을 것이다. 하지만 지난 2주 동안 그는 깨달았다. 길게 본다는 건 멀리 내다보고 짐작하는 것과는 다르다. 오늘 하루를 버티고 나면 내일은 오늘보다 한 걸음 더 멀리 가 있는 것이다. 그것이 쌓이고 쌓여 멀리 보이는 곳에 도달할 수 있다는 깨달음이 만족스러웠다. 승민은 그 희망을 다시는 잃어버리지 않겠다고 다짐하며 발걸음을 옮겼다.

〈이중생활〉 백이원

참으로 만만하지 않던 청소년 시절이었다. 어른들에겐 차마 내 보일 수 없는 고민들이 있었다. 대체로 그런 고민들은 가까운 친구들과 공유했지만, 그마저도 할 수 없는 나만의 속앓이가 있었다. 사람들은 모르는, 아니 몰라야 할 나란 인간의 비열함과 비루함, 질투심, 결핍, 지저분한 욕망 같은 것들을 숨기거나 포장하는 데 급급한 한편, 아무렇지 않은 말짱한 얼굴을 하고 살았다. 그럼 지금은 그런 인간이 아니게 되었느냐 하면 안타깝게도 그렇지는 않다. 여전히 이중생활을 하고 있다. 다만 달라진 게 있다면 나란 인간의 나약함을 스스로 인정하게 되었고, 10대 때보다는 이중생활을 보다 유연하고 능숙하게 하고 있다는 것이다. 그리고 살다보니 스스로 숨기고만 싶었던 약점을 따뜻한 손길로 감싸 주는 사람들도 만났다. 지금의 내가 사람의 꼴을 하고 살아갈 수 있는 것은 모두 그들의 손길 덕분이다.

모쪼록 괴롭고 외로운 당신이 너무 괴롭고 외로워하지 않기를 바란다. 원래 인생은 괴롭고 세상에 외롭지 않은 10대는 없다. 나란 인간의 이중성에 죄책감을 갖기보다 어떻게 하면 나의 하루가 즐거울 것인가에 대해 지독하게 고민해 보았으면 좋겠다. 당신을 구원할 따듯한 손길을 반드시 만날 것이다. 어쩌면 지금 만났을지도 모른다. 너무 뜨겁지도, 서늘하지도 않은 사람의 체온, 그게 바로 이 책이 당신에게 전하려는 진심의 온도니까.

〈몽신체〉 박생강

작년에 나는 잠실나루역 거대 몬스터 헌책방 서울책보고에 갈 일이 많았다. 서울책보고에는 거대한 서가가 있어서 꼭 괴물 지렁이의 몸통처럼 느껴지기도 했다. 헌책 중에는 추억의 만화책이나 추억의 〈포켓 가요〉 같은 책자들도 있어 반가웠다. 내가 즐겁게 읽던 책들이 종종 눈에 띄어서 마치 내 추억의 서가를 걷는 게 아닌가 싶은 착각이 들 정도였다.

그러다 문득 '어쩌면 내 머릿속에도 서울책보고 같은 헌책방의 서가가 있지 않을까?'라는 뜬금없는 상상을 했다.

〈몽신체〉는 그런 몸과 공간에 대한 상상과 경험들에서 태어났다.

돌이켜 보면 타고난 망상주의자인 나는 청소년 시기에도 몸에 대한 이런저런 생각들을 했다. '내 몸은 하나가 아닐 수도 있지 않을까? 사실 알고 보면 다른 곳에 내 몸의 일부가 살아서 돌아다니거나, 내가 잠들었다가 눈을 뜨면 어라, 또 다른 내 몸이 내 안에 숨어 있다가 나타나서 슥 나를 보고 있다거나.'

이런 상상들 말이다.

다른 몸이 있기를 바랐던 건, 아마 그때의 내 몸이 마음에 들지 않아서였는지도 모른다. 어린이에서 어른으로 가는 시기, 그 시기의 몸은 언제나 괴상하고 이상하다. 여기저기 자라나는 털들, 몸에서 풍기는 낯선 체취와 뭔가 어정쩡한 팔다리의 움직임 등등. 어떤 때는 진짜 내 몸이 괴물처럼 느껴지기도 했던 것 같다. 그래서 차라리 이 몸 말고 다른 몸이 어딘가에 있기를 바랐는지도 모르겠다. 아니면 '몸은 원래 괴물이니까, 다른 곳에 또 다른 괴물의 몸이 있을지도 모르지, 뭐.' 이런 생각을 했을지도.

청소년 시기나 지금이나 몸이란 건 우리의 생각대로 움직여 주지 않는다. 가끔은 나와는 다른 자기만의 자아를 가지고 있는 것도 같다. 나도 여전히 내 몸에 불만이 없는 건 아니지만, 반면 종종 신기할 때도 있다.

그런 면에서 글쓰기는 내가 상상했던 몸과 비슷한 부분이 있다.

처음 시작할 때는 이런 몸의 소설로 키울 생각은 아니었는데, 결과적으로 전혀 다른 몸으로 자라나 버렸다. 원래 이 앤솔로지의 시작도 '건강한 몸에, 바른 정신' 같은 코드였던 걸로 기억한다. 하지만 어느 사이 작가님들의 단편 대부분이 몸을 통한 감각, 상상, 상징이 넘쳐 나는 몸의 판타지로 만들어졌다. 그런 걸 보면 우리의 몸은 몬스터, 그러니까 '몸스터' 같은 특별한 힘을 지니고 있는지도 모르겠다.

그러니 이 소설들을 통해 독자들이 자신의 몸에 콤플렉스를 느끼는 대신 '내 몸에 숨은 특별한 힘은 어떤 걸까' 하고 상상해 보는 시간들을 가졌으면 좋겠다. 몸은 상상하는 대로 이뤄지진 않지만, 몸은 몬스터여서 상상 이상의 파워를 발휘하기도 하니 말이다.

〈알로그루밍〉 김경희

1년 전 아파트 단지에서 우연히 삼색 고양이 한 마리를 만났다. 그 고양이를 중심으로 아파트 주민들을 한 명씩 알게 되었다. 길 건너 프랜차이즈 빵집에 다니는 30대 아가씨, 20대 평범한 직장인, 중학생이 된 열네 살 소녀, 그리고 40대인 나까지. 우리는 고양이의 이름을 짓기 위해 단톡방을 만들었다. 이 방에서는 오로지 고양이의 안부에 관한 이야기만 나눈다. 서로 아무것도 묻지 않고 궁금해 하지도 않는 것이 불문율이니까. 단톡방을 스트레스로 느끼던 나에게도 이 방은 힐링의 세계였다.

이곳에서 우리가 가장 많이 나눈 이야기가 '알로그루밍'이다. 1년 사이에 두 마리의 새끼를 낳아(우여곡절이 있었지만) 가족을

이룬 삼색 고양이 패밀리가 서로의 몸을 그루밍해 주는 모습은 몸에 대해, 생명에 대해, 그리고 사랑에 대해 많은 것을 느끼게 해 주었다. 〈알로그루밍〉은 그런 경험에서 나온 실제 이야기에 소설적 상상을 살짝 더했다.

공부 스트레스와 다이어트 강박, 가족과 친구관계 사이에서 불안한 나날을 보내고 있는 친구가 있다면, 고양이 세계에서 벌어지는 유쾌하고 따뜻한 이야기에 잠시나마 웃을 수 있다면 좋겠다.
웰컴 투 고양이 월드!
모든 존재가 행복의 의미를 찾기를 바라며.

〈헤드〉정명섭

예전에 헤드헌터라는 직업을 가진 분과 인터뷰를 한 적이 있다. 그분의 요청으로 인터뷰를 마치고 헤드헌터라는 직업의 명칭이 어떻게 생겼는지 물어 보았다. 회사의 중요한 존재, 그러니까 헤드에 해당되는 사람들을 뽑기 때문에 그런 이름이 붙었다고 했다. 그때부터 머리는 나에게 흥미로운 존재가 되었다. 인간의 신체는 참 신비롭다는 생각은 오래전부터 했다. 하나라도 존재하지 않거나 다른 형태라면, 인간은 지금과는 다른 삶을 살아갔을 게 분명하다.

특히 인간에게 머리는 정말 중요한 존재라고 생각한다. 인간의 지능과 감정, 그리고 외부에서 받을 수 있는 정보들이 모두 모이는 곳이기도 하니까. 그런 소중한 머리가 몸통에서 분리된다면 어떤 일이 벌어질지, 그리고 분리해야 할 이유는 무엇인지에 대한 궁금증이 이번 이야기의 시작점이었다. 기괴하고 이상해 보이지만 원래 문학은 남들이 상상하지 않는 것을 상상하는 것으로서 빛을 발한다. 나와 동료 작가들의 작품이 우리의 몸에 대해 다시 한 번 생각하게 하는 계기가 되었으면 좋겠다.

〈일단 가즈아〉 문성진

10대 시절 내 몸은 아픈 곳 없이 건강했으나 튼튼하지는 않았다. 남들보다 키도 작았고, 덩치도 작았고, 유연성은 없다시피 했으며 근력도 있으나 마나 한 수준이었다. 그 때문에 그 나이 때 아이들이 흔히 그렇듯 나 역시 신체적 강함을 동경했었다.

그래서 나는 운동을 시작했다. 고등학교 때 처음 시작한 운동은 20년이 다 되어 가는 지금까지도 계속되고 있다. 그러다 보니 바뀌는 건 내 몸뿐만이 아니었다. 내가 남을 만날 때, 나 스스로를 바라볼 때 느끼는 자존감 역시 덩달아 커졌다. 비로소 내 몸이 얼마나 소중한지, 내가 마음먹기에 따라 얼마나 달라질 수 있는지 배울 수 있었다.

물론 어려움도 많았다. 〈일단 가즈아〉는 그 어려움을 극복해 나갔던, 그리고 지금도 극복하고 있는 과정에서 탄생했다. 많은 이들이 멋진 몸을 바라며 운동을 시작하지만, 끈기를 가지고 끝까지 해내는 사람은 많지 않다. 그것을 극복하려면 멀리 보면 안 된다.

이번 주, 오늘, 혹은 지금 당장.

눈앞에 놓인 길만 생각하자.

그 첫걸음만 떼면, 나머지는 몸이 알아서 해 줄 것이다.

이 책을 읽는 이들이 나와 같이 그 한 걸음을 내딛기를.

그래서 내가 경험했던 그 신기한 순간을 꼭 맞이하기를 바란다.

스피리투스
청소년문학
03

몬스터
몬스터

초판 1쇄 발행 2024년 5월 1일

지은이 백이원 박생강 김경희 정명섭 문성진

펴낸이 김현숙 김현정
펴낸곳 스피리투스/공명
책임편집 김현정
편집 김도경
디자인 정계수
일러스트 서화
출판등록 2011년 10월 4일 제 25100-2012-000039호
주소 02057 서울시 중랑구 용마산로 636. 베네스트로프트 102동 601호
전화 02-432-5333 | 팩스 02-6007-9858
이메일 gongmyoung@hanmail.net
블로그 http://blog.naver.com/gongmyoung1

ISBN 978-89-97870-79-0(43810)

숨결, 정신, 마음을 뜻하는 스피리투스는 도서출판 공명의 문학 브랜드입니다.